지상의 아름다운 도서관

The Most Beautiful Libraries in the World

by Choe Jung Tai

Published by Hangilsa Publishing Co., Ltd., Korea, 2023

지상의 아름다운 도서관

최정태 지음

BIBLIOTHECA

한길사

살펴본 감동을 여기에 적다

책, 영혼의 기쁨이여!

최정태

나무도 십 년을 자라면 아름다운 그늘을 주거늘
■ 개정 3판에 붙여

　새로운 밀레니엄이 시작되었지만 그때까지만 해도 우리 사회는 몰랐다. 도서관의 가치와 고귀함을 이해하지 못했던 2006년 이 책이 처음 세상에 나왔을 때도 그랬다. 도서관이 이렇게 아름답다고 직접 찍어 온 사진을 보여주고 이야기해주면, 이런 것은 우리와 상관없는 남의 나라 것으로 생각하고 곧 잊어버릴 줄 알았다.

　그러나 그렇지 않았다. 첫 책이 나와서 이십 년 세월이 다가올 때까지 책은 계속 읽혀 누구인가에 전달되어 그것이 지금까지도 사라지지 않고 두 번의 개정판과 십여 회 이상 판을 거듭한 끝에 드디어 개정3판까지 발행하게 되었다. 머지않아 사라질 줄 알았던 책이 죽지 않고 부활한다는 사실에 저자의 입장에서는 감개무량하지 않을 수 없다.

　공공도서관이 그저 학생들의 공부방으로 인식되던 시절에서 이제는 지식과 정보 그리고 교양을 한자리에서 얻을 수 있는 도서관이 일반시민 누구에게나 가까이 다가와 있는 현상을 보면 격세지감을 느낀다. 또한 이십여 년 전, 이런 책이 처음 간행된 시기를 기점으로 도서관 교양서 및 여행도서들이 계속 이어져 발행되고 있다는 소식까지 있어서 여간 반가운 게 아니다.

이 책 또한 거기에 편승해 개정3판을 준비하자고 출판사에서 연락이 왔다. 책을 새로 개편한다면 여기에 무엇을 더 추가하고 어디를 또 고쳐야 할 것인지, 내용을 다시 들여다보니 그동안 십여 회 증쇄판을 내면서 숱하게 고쳐왔는데도 아직도 흠결이 보인다. 이 세상에는 완벽이란 없는가 보다. 그후 새로 챙겨 얻은 정보와 문장을 추가하고 문맥을 더 고친 다음, 처음에 수록한 식상했을 사진을 이 기회에 상당수 바꿔보기로 했다.

필자는 대학에서 정년퇴임한 뒤, 한국 최고의 출판사로 일컫는 한길사와 첫 인연을 맺고 이 책2006을 비롯해『지상의 위대한 도서관』2011과 세 번째 책『내 마음의 도서관: 비블리오테카』2021를 펴냈다. 안목 높은 출판사의 의지에 따라 셋 중에 최근에 나온 책은 제외하고, 발행된 지 이십 년, 십 년이 넘은 두 책을 모두 새 판으로 개편하는 프로젝트에 들어갔다.

사실, 위의 책들을 집필하기 위해 여러 해 동안 지상의 오십여 곳 '아름답고 위대한 도서관'을 탐방하면서 필자가 직접 찍은 사진과 두 아들둘 다 여행 마니아다. 지금도 각각 네이버 블로그〈blog.naver.com/dilib〉라는 이름으로 여행기를 공유하고 있다이 찍은 사진을 모으니 1만 컷이 훌쩍 넘는다. 이중에서 필요한 사진을 새로 교체한다면 개정3판의 의미가 한층 달라지고, 책의 완성도도 더 높아질 것 같다.

하지만 아직도 안목이 높은 독자들은 부족함을 느낄 수 있다. 그럼에도 첫 책이 세상에 나온 뒤 지금까지 마흔여덟 곳의 신문과 텔레비전 등 관심 있는 언론들이 책 이야기와 도서관 문제를 다루어주었고, 일천여 명 독자분들이 진심 어린 격려와 진언을 인터넷 매체에 적어주셨다. 어쩌면 곧 사라지고 말, 귀중한 기억의 흔적을 단 하나도 빠트리지 않고 프린트해서 파일철에 모두 엮어 내 작은 서재 문수헌文修軒, 책을 공경하여 보관해두는 조그만 집 또는 수레에 두고 이를 금과옥조로 삼고 있다. 앞으로도 여러분들의 좋은 말씀을 잊지 않고 더 아름다운 책으로 보답하려고 마음 깊숙이 새겨본다.

2024년 2월

文修軒 최정태

도서관 여행을 떠나다

■ 책을 펴내며

아름다운 도서관을 찾아서

'도서관' 하면 많은 사람들은 우중충한 회색빛 건물 안에 조락한 서가와 퇴색된 책들이 잠자고 있는 풍경을 떠올린다. 사람들에게 도서관은 저 멀리 있는 존재라 그 가치와 숭고한 이념에 대해 잘 알지 못한다.

전국에는 지금 487개의 공공도서관과 438개의 대학도서관, 570개의 전문·특수도서관이 시민과 이용자를 위해 봉사하고 있다. 이 가운데 독립된 건물을 사용하는 도서관도 있지만 아직도 상당수는 다른 시설과 건물을 공유하거나, 모 기관의 부속기관으로 셋방신세를 면치 못하고 있는 것도 사실이다. 최근에 와서 몇몇 독특한 도서관이 설립되고 있지만 대개가 개성이 없는 건물에 도서관 간판만 달고 있을 뿐 아름다운 도서관을 찾는 것은 매우 어려운 일이다.

나는 도서관과 문헌정보학을 공부하면서 한평생을 살아왔다. 현장과 강단에 있을 때 왜 우리에게는 아름다운 도서관이 없을까 하는 의문을 달면서 마치 구도자처럼 국내외의 수많은 도서관을 찾아다녔다.

특히 문헌정보학과 대학원 과정에서 '도서관 건축론'을 여러 해 동안 강의해오면서 책과 잡지를 뒤지고, 또 현장에 가서 확인하는 것을 업이자 취미로 삼아왔다. 건축학을 전공하지는 않았지만, 건축인을 만나고 건축 자료를 읽으면서 도서관인의 입장에서 과연 이 도서관이 얼마나 아름답고, 기능적이며, 또 어떻게 효율적으로 설계되고 건축되었는지 살피는 데 관심을 쏟아왔다.

지난해 강의를 준비하다가 『세상에서 가장 아름다운 도서관』*The Most Beautiful Libraries in the World*이라는 화보집을 우연히 발견하고, 눈부신 도서관을 담고 있는 책을 넘기며 감탄을 금치 못했다. 세상에, 이런 도서관이 존재하다니! 거기에는 미국 의회도서관, 뉴욕 공공도서관, 보스턴 애서니움을 비롯해 러시아, 유럽 등 12개국 23개 도서관의 황홀한 광경이 담겨 있었다. 그 가운데 당장 가보고 싶은 곳들을 골라 점을 찍었다.

오스트리아 국립도서관, 아드몬트 성 베네딕도 수도원도서관, 비블링겐 수도원도서관, 안나 아말리아 공작부인 도서관, 마자린 도서관, 장크트갈렌 수도원도서관, 체코 국립도서관이 내 마음을 사로잡았다. 그밖에도 이 책에는 수록되어 있지 않지만 세계적으로 아름답다고 알려진 독일 국립도서관, 하이델베르크 대학도서관, 프

랑스 국립도서관도 목록에 추가시켰다.

여기에다 그동안 몇 번 가본 적이 있는 미국 의회도서관, 뉴욕 공공도서관, 미국 대통령도서관을 포함시키고 우리나라 조선조 왕실 도서관인 창덕궁의 규장각과 도서관의 뿌리, 즉 기록관에 해당하는 해인사의 장경판전을 함께 돌아보면 나름대로 의미가 있을 것이라 생각했다.

'쇠뿔도 단김에'라고 했듯이, 여름방학을 이용해 유럽으로 도서관 문화기행을 떠나기로 했다. 말하자면 '도서관 탐험'Odyssey to Libraries인 셈이다. 도서관 여행을 하면서 경이로운 건축물의 아름다움을 살피겠지만 그 안에 있는 책과 시설물, 그리고 잘 알려지지 않은 이야기도 찾아볼 요량이다. 여행에서 얻은 경험을 한국의 도서관 사서, 문헌정보학과 학생, 그리고 아직 도서관을 잘 모르는 이들에게 보여주고, 동시에 비록 옛것이지만 우리에게도 아름다운 도서관이 있다는 것을 알리고자 본 대로 느낀 대로 쓰려고 했다.

도서관은 아름다워야 한다

한 나라의 역사를 알려면 박물관을 봐야 하고, 미래를 알려면 도서관을 봐야 한다는 말이 있다. 많은 나라가 박물관을 만들어 역사를 알리고, 도서관을 세워 미래를 준비한다. 그런데 우리나라는 찬란한 역사와 우수한 잠재력을 가지고 있지만, 정말 훌륭하고 아름다운 도서관은 찾아보기 어렵다. 도서관이 아름다워야 하는 것은 그곳이 단지 책을 쌓아두는 창고가 아니라 사람과 책이 만나고 지식과 정보를 교류하는 공간이기 때문이다.

우리의 옛 건물은 멋스러웠다. 자연으로 끌어들인 건축물과 구릉지 야산이 하나가 되어 어우러지고, 날아갈 듯한 추녀와 배흘림기둥을 한 옛 사찰의 정경을 보면 우리 선조들의 건축에 대한 안목을 헤아릴 수 있다. 창덕궁 후원에 있는 규장각 건물 주합루는 옛날 우리 건축의 진수를 보여준다.

규장각이 있는 창덕궁이 그렇듯이, 해인사 장경판전도 국보이자 유네스코가 지정한 세계문화유산이다. 팔만대장경은 누구나 알고 있지만, 정작 그것을 600년 이상 지켜주고 보호해온 판전을 알리는 것에는 소홀한 감이 없지 않다. 나는 이 판전의 진정한 기능과 숨겨진 멋을 찾고 싶었다.

여건이 허락된다면 이번에 소개하지 못한 곳들도 다녀와 후편을 쓰고 싶다. 로마의 바티칸도서관, 이탈리아의 리카르디아나도서관, 영국 옥스퍼드대학의 보들리언도서관, 아일랜드의 트리니티 대학 도서관, 에스파냐의 델 에스코리알 왕립수도원도서관, 포르투갈의 왕궁도서관, 상트페테르부르크에 있는 러시아 국립도서관, 보스턴의 애서니움 등을 탐방하고, 도서관의 성지라 할 수 있는 이집트의 알렉산드리아도서관을 꼭 찾아보고 싶다.

이 책이 나오기까지 수고를 아끼지 않고 많은 도움을 준 독일의 페터 피셔 내외에게 감사를 드리고 싶다. 도서관 관계자 면담 신청 및 통역 등을 도와주고, 여행 기간 내내 늘 따뜻한 마음으로 가족처

럼 함께 생활하면서 독일을 비롯한 유럽 여러 나라의 역사와 문화
를 일깨워주었다.

　도서관을 직접 촬영할 수 있도록 배려하고, 촬영이 어려운 곳은
사진자료를 제공해준 각 도서관의 관계자 분들에게 감사를 드리며,
더 좋은 사진을 확보하기 위해 먼 길을 마다하지 않고 미국에 있는
도서관 세 곳을 직접 찾아가서 최근의 동태를 촬영해온 큰아들 기
영에게도 고맙다는 말을 전한다.

　2006년 8월
　최정태

1 좋은 책은 영혼에 피를 돌게 한다
뉴욕 공공도서관

뉴욕을 빛내는 지식의 보물창고

뉴욕을 배경으로 하는 영화 「투모로우」The Day After Tomorrow는 환경파괴를 한 인간들이 그 대가로 자연으로부터 혹독한 보복을 당하는 것을 줄거리로 하고 있다.

뉴욕에 쓰나미가 들이닥치면서 시가지 전체가 물바다가 되고, 곧이어 한파가 몰아닥쳐 자유의 여신상이 꽁꽁 언 채로 물에 잠긴 장면이 여러 번 등장한다. 주인공 샘 일행은 뉴욕 공공도서관영화에서는 국립도서관으로 잘못 번역되었다으로 몸을 피해, 가혹한 추위와 사투를 벌인다. 그들은 도서관에 소장되어 있던 구텐베르크의 『성서』를 땔감으로 쓰려다 결국 니체의 철학서를 태우면서 추위에 맞선다.

오직 살기 위해 인류의 역사를 태우고 있지만 그들의 마지막 피난처는 식당이나 슈퍼마켓이 아니라 결국 인류의 지식을 담고 있는 도서관이었다는 점이 이 영화가 주는 시사점이라고 나는 생각한다.

뉴욕 공공도서관 전면. 위쪽 페디먼트만 보아도 도서관이 지나온 역사를 알 수 있다. ©Sean Pavone

내가 뉴욕 공공도서관^{공식명칭은 Mid-Manhatan Library, New York Public Library}을 처음 방문한 것은 지금으로부터 35년 전인 1976년이었다. 당시 나는 캘리포니아 버클리대학에서 1년 동안 도서관 연수를 마치고, 귀국길에 동부의 유명 도서관을 찾아 여행을 떠났다. 그때 처음으로 간 곳이 바로 뉴욕 공공도서관이다.

도서관은 회색빛 시멘트 건물이라는 등식에 젖어 있던 나는 번화한 맨해튼 42번가와 5번가 교차 지점에 자리 잡고 있는 웅장한 그리스·로마 양식의 석조건물을 접하고 신선한 충격을 받았다. 내가 알고 있던 도서관 건물과는 기초부터 다른 모습을 보면서 도서관도 이렇게 아름다울 수 있구나 하고 감탄했다. 이 도서관을 마주하고 황홀감에 빠졌던 당시의 감정은 20년이 지난 1990년대 중반 그곳을 다시 찾았을 때도 마찬가지였고, 그 잔영은 지금까지도 사라지지 않고 있다.

도서관 정문 앞에는 미국에서 매우 유명한, 엷은 분홍빛이 감도는 테네시산 대리석으로 만든 두 마리의 사자상이 광화문 앞의 해태상처럼 떡 버티고 앉아 있다. 이 사자상은 1930년대 뉴욕 시장이던 라가디아가 공황으로 인한 경제적 어려움을 견뎌내고, 새로이 개척정신을 다짐하자는 마음에서 세운 것으로 각각 '인내'^{Patience}와 '불굴'^{Fortitude}이라 이름을 지었다.

조각가 에드워드 포터가 만든 이 사자상은 뉴욕 공공도서관의 상징으로, 도서관의 로고나 행사 등에 사용되고, 도서관에서 대대적인 공사가 진행될 때는 사자들의 머리에 작업 헬멧을 씌우는 식으

옅은 분홍빛이 감도는 테네시산 대리석으로 만든 두 사자상 '인내'와 '불굴'이 도서관을
지키고 있다.

로 도서관의 현재 상황을 알려주기도 한다. 나아가 뉴욕 시에서 큰
이벤트가 있을 때는 사자상에 턱시도를 입혀 행사를 알리고, 뉴욕
양키스와 뉴욕 메츠가 경기를 벌일 때는 머리에 각각 양 팀의 모자
를 씌워 뉴요커들의 흥을 돋운다. "도서관 때문에 맨해튼에서 이사
를 갈 수가 없다"는 팬들이 많을 만하다. 두 사자상은 단순한 돌덩
이가 아니라 살아 있는 도서관의 상징이고 뉴욕의 자부심이기도 한
것이다.

웅장한 건물 안으로 들어서면 대리석과 원목으로 장식된 넓은 로
비와 긴 회랑이 나타난다. 아치형으로 된 기둥 벽을 보면 영화에서
나 봄 직한 궁전이나 수도원을 옮겨놓은 것 같다. 계단이 이끄는 대
로 오르면 거대한 '장미열람실'로 향하게 되고 그 앞에는 큰 입구
홀이 가로지른다. 대열람실 천장에는 여러 개의 대형 샹들리에가
곳곳에서 빛을 발하고 있는데도 열람실의 각 좌석에는 개인 독서등

이 불을 밝히고 있다.

장미는 책과 연관이 많다. 유네스코는 1995년 사람들의 독서를 장려하도록 매년 4월 23일을 '세계 책의 날'로 정했다. 이 날은 성 조지의 축일이자 셰익스피어와 세르반테스가 사망한 날이기도 해서, 에스파냐 카탈루냐 지방에서는 책을 사는 사람에게 장미꽃을 선물하는 전통이 있다. 이 전통이 지금도 그대로 계승되어 우리나라를 비롯한 세계 80여 개 나라가 이 날을 '책의 날'로 정해 기념하고 있다. 나도 언젠가 큰 책방에 갔을 때 장미꽃 한 송이를 받은 경험이 있다.

댄 브라운의 『다 빈치 코드』를 보면, 라틴어 sub rosa는 '장미 아래'를 뜻하고 '길을 찾아주는 진실한 방향'이라는 개념과 강한 연대를 맺고 있다. 로마인은 비밀회의를 할 때 반드시 회의 장소에 장미를 매달고, 장미 아래서 한 말은 비밀로 지켰다. 또한 거의 모든 지도에 그려져 있는 로즈 나침반은 여행자의 길잡이 노릇을 했다.

뉴욕 공공도서관의 장미열람실도 단순히 미학적으로 붙인 명칭이 아니라 '지식의 길잡이'를 자처하는 뜻을 암시하고 있다. 장미열람실 입구에 들어서면, 가장 먼저 고어로 쓴 경구가 이용자를 맞이한다. 원문을 현대어로 고쳐 번역하면 "좋은 책은 우리 영혼의 귀중한 생혈이니, 인생을 살아가는 데 깊이 간직하고 영원히 잊히지 않게 할지어다"라는 뜻이다.

유럽의 오래된 궁전이나 수도원의 한 곳을 보는 듯한 아름다운 내부.

사람들의 피난처이자 생활의 근거지

뉴욕 공공도서관은 애스터 도서관Astor Library과 레녹스 도서관 Lenox Library을 발판으로 설립되었다. 애스터 도서관은 모피무역으로 큰 성공을 거둔 독일계 이민자 존 애스터가 유산으로 남긴 40만 달러로 설립되었다. 이 도서관은 1849년에 미국 최초의 열람도서관으로 문을 열었지만 그때만 해도 뉴욕 시민들이 자유롭게 이용하기에는 문턱이 너무 높았다.

레녹스 도서관은 부동산왕인 제임스 레녹스가 수집한 희귀본, 고문서, 예술작품 등을 모아둔 일종의 컬렉션으로 이름만 도서관일 뿐이지 개인의 취향이 강하게 반영되어 일반인이 접근하기엔 다소

장미열람실은 항상 이용자들로 붐빈다.

거리감이 있었다.

이 두 도서관은 사설기관이지만 정부의 보조금으로 운영되었기 때문에 뉴욕 시 입장에서는 돈만 들어가고 시민들의 불평이 끊이지 않는 골칫덩어리였다. 이에 뉴욕 주지사였던 새뮤얼 틸든이 틸든 기금Tilden Trust을 조성해서 두 도서관을 통합, 1911년 새로운 도서관으로 탄생한 것이 오늘의 뉴욕 공공도서관이다.

도서관 정면 위쪽의 페디먼트Pediment: 고전 건축물의 앞면에서 삼각형을 이루는 박공 한가운데를 눈여겨보면, 애스터와 레녹스, 틸든의 조각상과 함께 옛 도서관 명칭을 각각 새겨놓아 도서관의 역사를 한눈에 알 수 있다.

열람실 입구에는 "좋은 책은 우리 영혼의 귀중한 생혈이니……"라는 내용의 고어 경구가 새겨져 있다.

당시 뉴욕의 인구는 약 50만 명이었다. 1851년 『뉴욕타임스』가 창간되고, 1857년에는 맨해튼 중심부에 센트럴파크가 개장되었으며, 1886년에는 자유의 여신상이 첫선을 보였다. 또한 신세계를 찾고 있던 이민자들이 대거 미국으로 건너오면서 1900년에는 인구가 350만 명으로 급증했다.

1901년, 26대 대통령으로 당선된 시어도어 루스벨트는 미국의 지도력을 세계에 알리고 20세기를 맞이하는 뉴욕을 국제적인 도시로 키우는 데 큰 역할을 했다. 그는 뉴욕 시민에게 지적 만족을 주고, 또 세계문화를 주도하기 위해서는 도시 위상에 걸맞은 도서관이 꼭 필요하다고 여겼다. 자유의 여신상이 이민자를 환영하는 희망의 등불이라면, 도서관은 그들이 정착하는 데 필요한 피난처이자 생활의 근거지로 봤던 것이다.

이 무렵, 도서관 발전사에 매우 중요한 인물이 등장한다. 1901년 철강왕 앤드루 카네기가 520만 달러를 기부, 워싱턴의 의회도서관보다 200만 달러가 더 많은 예산 900만 달러로 뉴욕의 도서관을 세우도록 한 것이다. 뉴욕 공공도서관에 투자한 것을 기점으로 1920년까지 미국과 영국에 2,509개의 도서관을 만들기 위해 무려 5,620만 달러를 기부한 것만 보아도 그가 도서관 발전사에서 전설적인 인물로 통하는 이유를 충분히 짐작할 수 있다. 카네기는 공공도서관의 기능과 가치를 터득했던 사람이다. 그는 자선사업의 대상으로 도서관을 선택한 이유를 이렇게 말하고 있다.

"나는 대중을 향상시키기 위한 가장 좋은 기관으로 도서관을 선택했다. 왜냐하면 도서관은 이유 없이 아무것도 주지 않기 때문이다. 도서관은 오직 스스로 돕는 자만을 도우며, 사람을 결코 빈곤하게 만들지 않는다. 도서관은 큰 뜻을 품은 자에게 책 안에 담겨 있는 귀중한 보물을 안겨주고, 책을 읽는 취미는 이보다 한 단계 더 낮은 수준의 취미를 멀리할 수 있게 한다."

1902년에 착공한 이 거대한 도서관은 꼭 10년 만인 1911년 3월 23일에 개관했다. 보자르 양식beaux-arts: 19세기 파리에서 유행한 신고전주의 양식으로 순수하고 강직한 고대 그리스 미술을 미적 규범으로 삼았다으로 설계된 이 건물은 로마 이후 르네상스의 함수를 경청할 수 있는 전통적 양식으로 가득 차 있고, 건물 앞면에는 5번가의 복잡한 교통이 그대로 노출되고 있지만 뒤편 6번가는 작은 공원으로 열어둔 것이 매력적이다.

현재 미국 전역에는 약 1만 5,000개의 공공도서관이 있다. 이 숫자는 전국 맥도날드 햄버거 점포 수 1만 2,000개를 상회한다. 2000년 자료에 의하면, 미국 전역에서 연간 11억 4,600만 명이 도서관을 방문했으며, 17억 1,400만 점의 자료가 대출되었다. 인터넷 시대를 맞아 도서관 이용자가 감소할 것이란 우려도 있었지만, 10년 전과 비교해보면 오히려 두 배로 증가했다.

뉴욕 공공도서관은 85개의 분관과 연구 및 특수도서관 성격을 가진 인문·사회과학관, 과학·산업·경영관, 공연예술관, 스콤버그 흑인문화 연구센터 등 4개의 전문도서관으로 구성되어 있다.

지금 뉴욕 시는 행정 구역이 5구역으로 나뉘어 있는데, 뉴욕 공공도서관은 맨해튼, 브롱크스, 스태튼 섬을 담당하고, 브루클린과 퀸스는 각각 그 지역의 공공도서관이 관할한다.

시민에게 도서관이 얼마나 중요한지를 보여주는 데이터가 또 있다. 뉴욕 시 전체의 도서관 이용자 수는 연간 4,100만 명이다. 이는 시내의 모든 문화시설 이용자와 메이저 스포츠 경기 관전자를 합친 숫자를 능가하는 것이며, 뉴욕 시민의 서비스 평가에서 항상 1위를 차지하고 있다. 그야말로 도서관은 시민 서비스의 본보기를 보여주고 있는 것이다.

이곳에는 2003년 현재 835만 3,773권의 단행본과 잡지 3만 1,673종, 마이크로 자료 660만 종, 기록 및 문서 자료 31만 9,000 종, 그래픽 자료 433만 종, 오디오 자료 55만 8,000종을 확보하고 있다. 주요 소장품으로는 구텐베르크의 『42행 성서』 초판본과 토머스 제퍼슨의 「아메리카 독립선언문」 초고, 「조지 워싱턴의 고별사」 친필본 등 역사적 사료와 희귀도서 등 모두 5,000만 점 이상의 사진과 판화 등이 있다.

명품 도서관의 조건

세계적인 명품 도서관이 되려면 몇 가지 공통되는 조건이 필요하다.

첫째, 도서관 건물이 아름다우며 역사성을 지니고 있는가.

둘째, 장서는 얼마나 확보하고 있는가. 반드시 양이 기준인 것은 아니지만 대체로 100만 권 이상의 장서를 보유해야 한다. 하버드대학이 세계적인 대학으로 부상한 것은 1910년대 초반 장서 100만 권을 확보한 것으로부터 출발했다. 이로부터 90년 후인 2003년 하버드대학도서관은 장서 1,500만 권을 돌파했다. 이는 뉴욕 공공도서관 장서의 2배에 달해, 미국 의회도서관에 이어 세계 2위에 해당하는 양이다.

셋째, 세계사적으로 역사를 바꾸거나 움직인 인물 또는 사건과 관련된 포괄적인 장서나 기록물을 구비하고 있는가.

넷째, 초기간행본incunabula: 1450년대 이후부터 1600년 이전까지 활판인쇄로

도서관 정문 앞의 복잡한 대로와는 달리 잔디가 깔린 후원이 고즈넉하다.
이용자들은 이곳에서 차를 마시며 휴식을 즐긴다. ⓒJean-Christophe Benoist

간행된 책. 요람본이라고도 한다 또는 양질의 필사본을 어느 정도 소장하고
있는가.

다섯째, 구텐베르크의 『42행 성서』 또는 『36행 성서』 내지 셰익
스피어의 초판본을 보유하고 있는가.

이러한 물음에 충족하는 답이 나와야만 비로소 최고의 도서관으
로 대접을 받을 수 있다. 지금 뉴욕 공공도서관은 건물뿐만 아니라
장서의 양과 질, 보유한 필사본과 요람본 등 어떤 물음에도 훌륭히
답을 할 수 있는 세계 최상급 도서관이다.

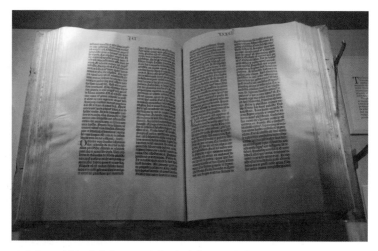

구텐베르크의 『42행 성서』. 1455년경 금속활자로 180여 권을 인쇄했으며,
지금 전 세계에 50여 권이 남아 있다.

서양의 도서관은 주로 수도원을 중심으로 수도사들이 만든 필사
자료에 의해 지탱되었다. 중세에는 책이라고 하면 당연히 손으로
쓴 필사본을 의미했다. 수도원은 곧 책의 산실이었고, 필경사들이
하나하나 손으로 만드는 만큼 책의 수량은 매우 적었으며, 보물이
나 마찬가지라 아무나 접근할 수도 없었다.

서양에서 책의 혁명적 변화는 1393년 독일 마인츠에서 태어난
요하네스 구텐베르크로부터 시작되었다. 그가 3년$^{1454~56}$에 걸쳐
금속활자를 사용한 인쇄술을 발명함으로서 책을 대량으로 생산할
수 있게 되었고, 이는 책의 개념을 송두리째 바꾸었다.

종이 또는 양피지에 한 자 한 자 필사해서 책을 만들던 시절, 유럽
사회는 전체 인구의 90퍼센트 이상이 문맹이었다. 금속활자의 발

명은 문맹률을 획기적으로 떨어뜨렸다. 그동안 특권계급이 독점하던 지식이 대중에게 대량으로 보급되어, 암흑기에 머물러 있던 중세사회가 계몽의 아침을 맞이하는 계기가 되었다. 나아가 인쇄술은 종교개혁을 유발했고, 산업혁명을 이끌어 세상을 다른 차원으로 한 단계 발전시켰다.

그가 처음 금속활자로 찍은 인쇄본은 '구텐베르크의 바이블'이라고도 불리는 『42행 성서』다. 이 책은 180권 정도 출간해 오늘날 단지 50여 권만이 남아 세계 곳곳에 흩어져 전해지고 있다. 첫 출판된 책 중 140부는 종이를 사용했지만, 나머지는 독피지, 즉 송아지 가죽으로 만든 특제본이었다. 이 독피지본을 위해 적어도 100여 마리의 송아지가 희생되었으니, 책을 제작하는 과정에서의 수고나 비용은 가히 가늠하기조차 어렵다. 이 『성서』를 처음 본 영국의 서지학자 앨런 G. 토머스는 그의 저서 『아름다운 책』에서 찬탄의 말을 아끼지 않았다.

"처음으로 인쇄된 이 책은 세상에서 가장 아름다운 것 중 하나다. 2단, 42행으로 짜인 훌륭한 고딕활자는 필경사들이 몇 세기 동안 이루어낸 발전을 구체적으로 보여준다. 글씨는 독일 중세정신의 핵심 그 자체를 표현하고 있다. 최초의 시도였지만 눈부신 활자체는 거의 믿을 수 없이 완벽하다. 인쇄술은 마치 제우스의 머리로부터 완전무장한 채 태어난 아테나Athena와도 같다."

『42행 성서』는 19세기에 처음으로 경매에 등장한 이후 언제나 세계에서 제일 비싼 책이었다. 1978년에는 240만 달러에 팔려 기

도서관 주위에는 철따라 새로운 꽃이 피어난다.

네스북에 올랐는데, 10년 후인 1987년에는 뉴욕에서 539만 달러로 낙찰되어 세상을 또 한 번 놀라게 했다. 하지만 이 금액도 20여년 전에 이루어진 거래가격일 뿐이다. 지금 인터넷상에 나타나는 복각본 성경만 해도 당시의 솜씨와 똑같이 만들었다고 해서 100만 달러를 호가하고 있다. 그 후 실제 판매하는 진본은 더 이상 나오지 않고 있으며, 혹시 판매가 된다고 해도 값이 형성될 수 없는 인류의 최고 보물이다.

오늘날의 현대문명이 존재할 수 있기까지 인쇄술의 공이 매우 컸다. 인쇄술의 등장은 닫혀 있던 도서관의 문을 대중을 향해 열리게 하고, 교육과 문화기관으로 한 걸음 발전시키는 데 지대한 공헌을 했다. 이렇게 유럽에서 출발한 도서관의 원형은 대서양을 건너 아메리카 대륙으로 그대로 이어져 1731년 벤저민 프랭클린이 필라델피아에서 회원제 도서관을 설립하게 되고, 또 한 세기가 흐른 1852년에는 보스턴 공공도서관이 설립되었다. 이와 같은 맥을 이어 쌓아온 전통이 1911년 마침내 뉴욕까지 전파된 것이다. 이러한 도서관 정신이 어우러진 지식의 보물창고가 있기에 뉴욕이 한층 살맛 나는 도시가 될 수 있었던 것이다.

뉴욕 공공도서관 본관에서는 매일 오전 11시와 오후 2시에 도서관 투어가 시작된다. 도서관 가이드는 홍보처의 사서들이 직접 담당한다. 외국인 관광객은 물론 도서관을 처음 찾는 시민과 학생들을 10~20명의 그룹 단위로 모아 도서관의 역사를 들려주고 구석구석을 안내하며 특징 있는 시설물과 전시하고 있는 귀중도서를 설명해준다. 여느 곳처럼 제 도서관을 자랑하는 것뿐인데도 방문자들은 진지하게 안내자의 말을 놓치지 않고 끝까지 따라다닌다. 한마디라도 놓칠세라 기록에 열중하는 학생과 젊은이들의 모습도 흥미로웠다.

우리나라 도서관은 아직 제대로 된 도서관 투어 프로그램이 없다. 혹시 있다고 해도 투어를 할 때마다 이 정도의 사람이 모여서, 1시간 남짓 동안 끝까지 흩어지지 않고 안내자의 말을 경청할 수 있을까. 도서관 자체도 훌륭하지만, 더욱 부러운 것은 바로 도서관에 대한 시민들의 애정과 관심이었다.

Fifth Ave. at 42nd St., New York, NY 10018-2788, U.S.A.
http://www.nypl.org

2 영혼의 쉼터, 하늘로 이르는 순례
비블링겐 수도원도서관

지식은 곧 신으로 이르는 길

유럽으로 도서관 여행을 떠나기 전, 예외가 있기는 하지만 크게 국립도서관과 수도원도서관을 보는 것으로 방향을 잡았다. 유럽 각 국의 국립도서관을 통해 그 나라의 미래를 보고, 수도원도서관을 통해 과거의 역사와 문화를 보고 싶었기 때문이다.

우리나라의 여행 안내서를 보면 도서관은 아예 미운 오리새끼 취급을 받는다. 여행 책은 많아도 문화기관으로서 도서관을 다루고 있는 책은 찾기 힘들며, 건축 기행, 박물관 기행, 사찰과 수도원 기행, 심지어 화장실 기행은 있어도 도서관 기행은 보이지 않는다. 단행본뿐만 아니라 종합여행 안내서에도 세계의 박물관·미술관·호텔·식당은 있어도 도서관을 안내해놓은 예는 거의 찾을 수가 없다.

중세시대 지식인들이 여행에서 가장 먼저 찾는 곳은 도서관이었다. 당시 귀족·성직자·학자 들의 도서관 순례는 지식과 교양을 재

비블링겐 수도원 전경. ©Michael Vogt

충전하고, 필요한 정보를 수집하며, 영혼의 요양을 겸한 여행으로 서, 그들에게는 보편적인 지적 행사였다. 그들을 감동하게 만든 도서관의 매력은 과연 어디에 있을까.

여행 책자에는 독일 남부에 있는 울름 시를 "세계에서 가장 높은 첨탑을 가진 대성당157미터인 쾰른 대성당보다 1미터가 더 높다이 있는 도시"라는 짤막한 문구로 소개하고 있지만, 사실 이 도시에서 가장 볼 만한 곳은 따로 있다. 세계에서 가장 아름답다는 도서관, 비블링겐 수도원도서관이 그곳이다.

울름 시내에서 5킬로미터 남쪽으로 도나우 강과 일러 강이 합류하는 지점을 지나 근교로 빠져나오면 조그마한 동네 비블링겐이 나온다. 바로 이 작은 마을에 옅은 분홍색 벽에 주황색 기와로 덮인, 성채 같은 수도원이 우뚝 서 있다.

우리가 갔을 때는 주 건물 외벽과 천장, 복도를 수리하는 중이어서 정문을 비껴 다른 길로 돌아서니 도서관 입구가 나타났다. 단정한 외관을 훑어본 후 문을 열자, 갑자기 눈앞에 현란한 색감의 천장과 벽면 서가에 가득 찬 장서, 그리고 화려한 조각상들의 향연이 펼쳐졌다. 지금까지 내가 알고 있던 도서관과 전혀 다른 풍경이 다가와 마치 타임머신을 타고 중세 유럽의 어느 성에 도착한 것 같았다.

궁전을 방불케 하는 메인 홀은 길이 23미터, 폭 12미터 타원 형태로, 복층 구조이며 화려한 문양들로 채색된 32개의 기둥으로 둘러싸여 있다. 황금색과 푸른색을 띠고 있는 이 기둥들은 모두 자체적으로 광채를 발하는데, 모두 목재로 제작된 것이다. 기둥이 워낙

2층 중앙에 황금색 화관을 쓴 여신이 한 손에 지구를 들고 다른 손으로 신만이 아는 곳을 가리키고 있다.

화려하고 반짝거려서 정말 나무로 만든 것인지 궁금해하자 안내인이 우리를 뒤쪽 한구석으로 데리고 가서 미리 뚫어놓은 작은 구멍을 통해 나무임을 보여주기도 했다.

1층의 격자무늬 대리석 바닥 위에는 우윳빛 광채가 나는 8개의 여신상이 있다. 모두 양손에 황금색 책 또는 지휘봉, 저울, 창, 올리브 가지 등을 들고 있는 모습이 무척 신비로웠다.

2층으로 오르는 난간은 아래층에 있는 모든 예술품을 그 위로 끌어올리는 듯하다. 입구 맞은편 2층 중앙에는 이곳에서 가장 아름답다는 황금 화관을 쓴 여신이 오른손에 타락한 지구를 들고 왼손으로 지구의 어느 한곳을 가리키고 있다. 그곳은 깨끗한 신만이 알고 있다는 뜻이란다.

오랜 세월 공들여 가꾼 이 공간은, 말로 설명하기 힘든 아름다움을 품고 있다. 홀 양쪽에서 마주보고 서 있는 8개의 여신상은 종교적인 의미와 세속적인 의미를 지닌 두 그룹으로 나뉘어 있다. 동편에 있는 네 상은 각각 믿음, 복종, 세속의 단절, 선행을 나타내어 성 베네딕도회의 원리를 표현하고, 서편에 있는 네 상은 학문의 영역인 법학, 자연과학, 수학, 역사를 상징한다.

수도사들은 매일 이 여신상들을 보면서 교단의 원리에 따라 열심히 수행하고, 또 세속적 학문 연마에 게으르지 못하도록 마음을 다잡는다. 이 두 그룹의 조각상을 마주보게 한 것은 "종교와 학문은 결국 둘이 아니고 하나다"라는 메시지라 할 수 있다.

조각상에서 눈을 떼고 천장으로 시선을 돌리면, 프레스코 화법으

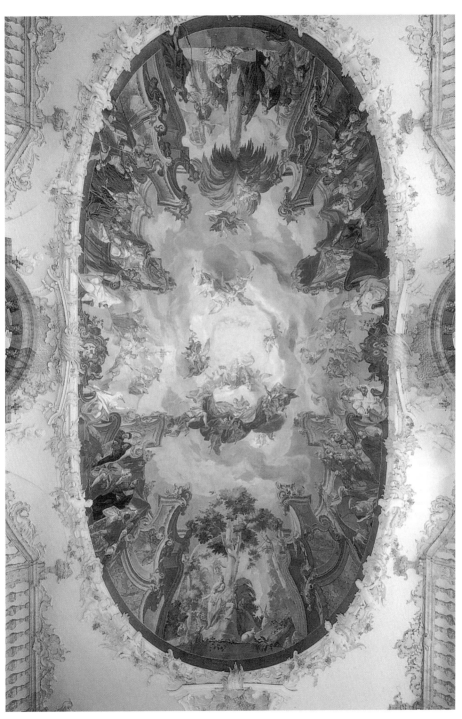

1744년에 제작된 마르틴 쿠엔의 천장화. "지식은 하늘, 곧 신으로 이르게 한다"는 의미가 담겨 있다.

로 그린 성화가 보인다. 이론적이고 철학적인 내용을 담은 이 그림들을 보고 있노라면 천국에 오르는 느낌이 든다. 이 작품은 1744년 당시 젊은 화가 마르틴 쿠엔이 그렸는데, "지식은 하늘, 곧 신으로 이르게 한다"는 의미를 가지고 있다.

천장 그림 속에는, 알렉산더와 아폴로, 디오게네스, 그리고 뮤즈의 아홉 여신이 이야기를 나누고 있으며, 아우구스투스에 의해 추방되는 오비디우스의 모습과, 596년 교황 그레고리 1세가 대영제국으로 향하는 광경, 1493년 베네딕도 신도들에게 미국으로 가라고 명령하는 에스파냐 왕의 모습, 그리고 수도사들이 야자나무 아래서 이교도들에게 복음을 전하는 모습 등이 그려져 있어 그림 전체가 마치 한 권의『성경』, 한 편의 신화 같다.

실내를 돌아보며 자세한 설명을 듣고 나니, 베네딕도 수도회의 아이콘은 '믿음은 곧 지식'이라는 것을 깨닫게 되었다. 수도사가 믿음을 얻기 위해서는 지식을 탐구해야 하고, 지식을 쌓을수록 믿음이 돈독해진다. 지식은 곧 신에 이르는 통로이므로 많은 책이 필요한 것은 당연하다. 따라서 도서관은 수도원에 없어서는 안 되는, 절대적으로 필요한 것으로 어떤 수도원이든 도서관을 제외하고는 성립할 수 없는 것이다.

중세 도서관은 어디에서 태어났나

중세의 도서관은 수도원에서 태어났다고 할 수 있다. 역사의 거친 물결에서 소중한 지적 유산을 도피시키기에 가장 안성맞춤인 곳이 바로 수도원이었다. 비블링겐 수도원 역시 그런 곳 중 하나다. 베네딕도회에 속하는 비블링겐 수도원은 1093년, 신을 향한 경건한 위업을 쌓아 그 자신과 후손의 종교적 구원을 받고자 했던 하트만 백작과 키르흐베르크가 세웠다. 그들은 수도원에 귀중한 유물을 기증하고 영지, 권리, 특권의 형식 등 가진 것을 모두 바쳐 수도원의 재원으로 충당했다.

이 수도원은 외부적으로는 당시 유명한 프루투아리아 대성당을 모델로 하고, 내부적으로는 성 블라시우스의 종교적 규범에 따라 교단의 규칙을 베네딕도 교단보다 훨씬 더 엄격하게 해석하는 전통이 있다. 또한 이곳의 필사실은 독일 전역에서 가장 유명했던 곳으로 알려져 있다.

수도원에 필사실이 있어야 하는 이유는 수도사들의 주된 일과가 성경을 읽고 해석하는 것이라 무엇보다 책이 필요했기 때문이다. 당시만 해도 유럽에서 주요 필사본의 재료는 종이보다 양피지나 독피지가 주류를 이루었다. 종잇값은 양피지의 6분의 1밖에 되지 않았지만 지질이 나빠 사용하기 불편해서 보편화되지 못했다. 특히 왕실이나 귀족들이 특별히 만드는 책은 질기고 튼튼하며 오랫동안 보존이 가능한 양피지가 최상의 서사書寫 자료였다.

양피지는 중동 지방에서 흔히 사용하는 점토판이나 이집트에서 사용하는 파피루스보다 보존과 휴대가 간편하고 기록하기가 쉬워서 중국의 제지기술이 정착되기까지 유럽의 왕실이나 수도원 등에서 보편적으로 사용되었다. 그렇지만 양피지를 사용하는 데는 문제

점도 많았다. 책을 만드는 과정의 고난은 말할 것도 없고, 우선 양한 마리에 2절판folio 책 한 판2장밖에 나오지 않기 때문에 책 한 권을 얻기 위해서는 엄청난 양을 도살해야 했다. 대형 『성서』 한 권을 만드는 데 200여 마리의 양이 희생되었다고 하니, 귀족 가문 출신의 수녀가 『성서』 한 권의 대가로 넓은 포도밭을 내놓았다는 이야기도 충분히 이해가 간다.

가죽의 필사작업은 매우 조직적으로 이루어졌다. 양피지나 송아지가죽을 돌이나 나무로 평평하게 다듬은 다음 원하는 크기로 잘라 여기에 원본을 필사한다.

혼자 필사할 때는 원본을 독서대 위에 얹어두고 그대로 베껴 쓰지만 두 사람인 경우는 한 사람이 곁에서 읽어주면 그대로 받아 적는다. 원본을 다 적은 뒤, 첫 페이지나 글의 첫머리를 여러 가지 화려한 색깔로 채색한 다음, 필요한 공간에 삽화를 그려 넣고 원본과 내용이 일치하는지를 한 자 한 자 검열한 후에 교정이 끝나면 제본을 하게 된다. 가죽종이는 질기면서 부드럽기 때문에 글씨를 썼다가 다시 지우기도 편리하다.

표지에 쓰이는 재료는 책의 가치에 따라 질이 달라지는데, 나무판이나 두꺼운 가죽으로 장정을 하고 그 위에 귀중본일수록 상아및 금은보석으로 치장해 겉모습만 보면 책이라기보다는 귀한 상자같다. 게다가 3면 마구리에도 갖가지 문양과 그림을 넣고 페이지를 함부로 열 수 없도록 잠금장치까지 해두어 흡사 보석상자처럼 보

수학을 상징하는 여신. 왼손에는 책, 오른손에는 컴퍼스를 들고 있다.

인다.

그렇지만 수도원에서 일반적으로 쓰는 책은 가죽종이가 아닌 지질이 좋지 못한 얇은 종이이고 외양도 호화롭지 않다. 특히 종교적인 텍스트와 라틴어 문장 습득에 필요한 고대 그리스·로마의 세속적인 작품들은 책 자체가 소박하고 삽화와 채색, 그리고 겉표지도 단순하다. 이곳에서처럼 수도사들이 교재용으로 직접 기록한 필사본은 아무런 장식도 없이 흰색 가죽 또는 무명 표지로 장정하는 것이 보통이다. 나는 이 수도원에서 아무 장식도 없는 소박한 책을 들여다보면서, 예나 지금이나 그래도 종교가 순수성을 지켜주고 있다는 생각을 했다.

고통과 깨달음의 열매, 필사본

비블링겐 수도원은 설립 당시 로마에 의해 바실리카^{Basilika: 그리스}

어로 왕의 옥좌가 있는 집정 홀을 뜻한다. 로마 건축에서 집회, 재판 등을 위해 지은 집으로 기둥 통로를 지닌 직사각형의 건축물이다. 이후 기독교 교회 건축양식으로 정착되었다

로 사용되었으나, 법정교당으로 바뀌었다가 12세기에는 새로운 수도회로 변신했다. 이곳에 큰 화재가 발생해 많은 자료가 유실되기도 했는데, 황제 막시밀리안 1세는 수도원을 귀족 은행가 푸거에게 양도해 영구적인 봉토권력을 유지할 수 있게 해주었다.

그 후 수도원은 역동적인 발전을 통해 새로운 전성기를 꽃피우게 된다. 수도원이 멜크 개혁에 기초한 새로운 규칙을 수용하고 수도원장인 하브리첼^{1432~73}에 의해 영구히 확립된 '금욕적인 삶'이라는 종교적 힘이 부가되면서 옛날의 전성기를 다시 회복하게 된 것이다.

결국 이 신성한 수도원은 모범적인 규칙을 수행하는 기본을 통해 번성하게 된다. 지도층의 탁월한 운영능력도 한몫해서 강력하고 새로운 종교적 규율 아래 수도사들의 필사실 활동도 빠르게 발전해나갔다.

수도원의 규모가 커지면 책을 읽는 수도사들도 늘어나게 마련이라 우선 책, 즉 필사본을 많이 생산해야 한다. 여기에는 수도사들의 엄청난 고통과 희생이 뒤따를 수밖에 없다. 작가 움베르토 에코는

『장미의 이름』에서 필사실의 열악한 환경과 필경사들의 고통스런 생활을 생생하게 묘사하고 있다.

오랫동안 자리를 지키고 있어야 하는 학승, 필경사, 주서사朱書士 들에게 추위는 여간 고통스러운 게 아니다. 추우면 우필을 쥔 손가락이 마비되기 때문이다. 평상 기온 아래서도 6시간 정도 계속해서 쓰고 있으면 손가락에 경련이 이는데, 특히 엄지손가락은 누구의 발에 밟히기라도 한 것처럼 얼얼해지는 법이다. 옛 필사본의 여백에서 볼 수 있는, '하느님, 어둠이 빨리 내리게 하시니 감사합니다' '아, 질 좋은 포도주 한 잔이여!' '날씨는 춥고 방안은 침침하다. 오늘따라 양피지에는 잔털이 왜 이리도 많은가' 따위의 낙서는 모두 필경사들의 작업 분위기와 고통을 호소하는 넋두리들이다.

필경筆耕은 '밭갈이'라는 말 그대로 매우 어렵고 힘든 작업이다. 날마다 이어지는 고통스런 작업을 천국에 들어가기 위한 깨달음과 참회의 행위로 여겨 베낀 쪽 수와 행 수, 글자 수를 세어 연옥에서 보낼 햇수가 얼마나 줄어들었는가를 헤아릴 정도다. 밭을 가는 것은 단지 육체의 배를 불리기 위한 것이지만, 하느님의 말씀을 책으로 옮기는 것은 영혼을 살찌우는 거룩한 행위이기 때문에 어떠한 어려움도 참고 견뎌야 하는 것이다.

필사실에서는 필경사 외에 여러 사람이 조직적으로 모여 수도사들의 감독 아래 함께 일을 한다. 제목을 주서하는 사람, 원본을 읽어

양피지에 그리스어 복음서를
필사하고 있는 필경사.

주거나 교정을 보는 사람, 책을 묶는 사람, 그리고 채식화가가 필수
적으로 따른다. 화가는 머리글자와 가장자리를 장식하기 위해 어울
리는 물감을 골라 거위깃털 펜으로 일일이 채색을 한다. 특히 귀한
책을 장정할 때는 금은보석, 진주, 상아 등을 박고 장미, 백합꽃프랑
스 왕실의 꽃을 비롯한 아름다운 화초, 독수리, 사자 등 갖가지 무늬와
문장을 넣는다. 또 '인류의 구세주 예수'를 의미하는 이니셜 'IHS'
나 물고기 그림을 짜서 삽화를 넣기도 한다.

삽화란 라틴어로 '밝힌다'는 뜻이며 삽화가란 결국 '책에 빛을
부여하는 사람'이다. 아름다울수록 성스럽다는 12세기 이후 고딕
시대의 믿음과 미의식은 책을 만들 때 세밀화를 기본으로 화려한
채색으로 치장을 하도록 했다. 특히 수도원에서 만드는 보존용 성

경과 중요한 책들은 모두 그리스도를 상징하는 성스러운 건축공간에 가장 잘 어울리도록 아름답고 화려하게 제작되었다. 이렇게 만든 성스러운 책『성경』은 십자가·성배와 함께 삼위일체가 되어 최고의 보물로 인정받았다.

만일 이러한 수도사들의 뼈아픈 노력과 희생이 없었다면, 지금 우리 앞에 있는 보물들은 존재하지 않았을 것이고 오래전에 역사 속으로 사라졌을 것이다. 비블링겐 수도원과 같은 곳이 존재했기에 인류의 문화가 유지될 수 있었고, 그들이 있었기에 우리는 지금도 중세의 역사를 읽을 수 있으며 그때의 문화를 볼 수 있는 것이다.

소중한 과거를 품은 인류의 위대한 유산

수도원에서 나누어준 비블링겐 수도원 건물의 변천사에 따르면, 1701년 베네딕도 칙령에 의해 모든 재산과 건물을 돌려받아 수도원을 확장하고, 1714년 건물을 짓는 거대한 프로젝트에 착수해 30년이 지난 1744년에 지금의 수도원 자리에 건물을 완공했다.

건물은 일단 다 지었지만 주위 환경이 정비되지 못해 남서쪽 부속건물을 제외하고는 실제 사용하는 공간과 넓은 광장, 루스트가르텐Lustgarten: 환희의 정원이 교회를 중심축으로 에워싸도록 했다. 마침내 1781년에 아름다운 건물이 완성되었고, 이곳은 곧 18세기의 세계적 명소 가운데 하나가 되었다.

지금 우리가 보고 있는 수도원의 외관은 새롭고 근대적이며 대표적인 수도원 건물로서 바로크 양식으로 지어진 건축물 중 최고로

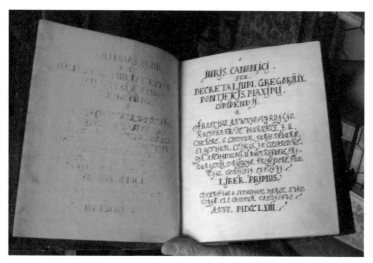

1763년에 간행된 수도사의 필사본.

손꼽힌다. 내부에는 독창적이고 화려한 가구와 부속품을 설치하고 당시 유럽 최고의 화가 쿠엔이 그림을 그리고, 조각가 도미니쿠스 헤르베르크가 조각상을 만들어 수도원의 품위를 한 단계 높였다. 그 후 수도원은 다시 야누아리우스 지크에 의해 내부를 다시 고풍스러운 스타일로 수리해서, 마침내 세계에서 가장 아름다운 도서관으로 그 이름을 새겼다.

이처럼 아름다운 모습과는 달리, 비블링겐 수도원도서관의 지난날은 전쟁과 화재 등 수난의 연속이었다. 1721년 대화재를 겪었고, 1805년에는 건물이 붕괴하는 바람에 소유주가 바뀌어 1822년까지 뷔르템베르크 백작의 거주지로 사용되기도 했다. 19세기 초에는 나폴레옹 군대가 수도원을 폐쇄하면서 건물이 훼손되고 수많은 자료가 군인들에 의해 약탈당했다. 또 제2차 세계대전 때는 이곳이 연합군의 주둔지로 정해져 도서관의 장서가 무지한 병사들에 의해 남획되거나 훼손되었고, 상당수의 귀중본들은 승리자의 전리품이 되어 미국, 영국, 프랑스 등으로 반출되었다.

장서의 훼손 과정을 진지하게 들려주는 안내인의 설명이 끝나자, 페터 씨가 "많은 책들이 아마도 병사들의 밑씻개로 사용되었을 것이다"라는 말을 해서 모두가 한바탕 크게 웃었다. 그냥 웃어넘길 농담이 아니다. 사실 그렇게 했을 개연성이 충분하다. 흰색 가죽으로 정성스럽게 제본한 책의 속장을 실제로 만져보니 조선종이 초배지와 사뭇 닮았다. 지질이 연하고 부드러워 오늘날 고급 휴지의 촉감과 거의 비슷한 것을 보니 종이가 귀한 시절 병사들에게 얼마나 편리한 문명의 유혹이었을까 싶다.

종이가 귀하고 무지몽매한 시절에 책의 용도가 어찌 온전히 읽기 위한 것으로만 남을 수 있겠는가. 화장지나 불쏘시개는 물론 장작 대신 사용되기도 했고, 벽지로, 심지어 논밭의 거름으로 사용된 예도 적지 않았다.

지금 이 수도원도서관은 독일 정부와 종교단체가 나서서 유실된 자료들을 회수하는 데 전력을 다하고 있으며, 낡은 바닥과 천장, 그리고 기타 시설물을 보수 정비하고 있다. 이곳의 일부 장서는 현재 울름대학으로 편입시켜 활용하고 있으며, 나머지 초기간행본과 수도사들이 직접 제작한 필사본 등은 서가에 그물망을 덮어 도서관을 찾는 관광객들에게 전시용으로 비치하고 있다.

투어를 끝내고 나오는데, 들어갈 때는 보지 못한 유리장이 보였다. 한쪽 벽 전체를 차지한 유리장 안에는 여러 색깔의 내용물로 가득 찬 크고 작은 유리병들이 있었다. 무엇인지 물었더니, 지금까지 우리가 본 작품들을 그대로 재현하기 위해 필요한 염료를 나무, 풀뿌리, 광석 등 자연에서 채취해온 샘플이라고 한다. 유럽의 전통과 역사가 이런 식으로 현재까지 이어지고 있음을 실감하는 순간이었다. 로마가 하루아침에 이루어지지 않았듯이 찬란한 비블링겐도 오랜 세월 공들여 완성되었다는 것과 지금도 그 전통이 그대로 계속되고 있음을 느끼면서, 위대한 유산을 제대로 지켜온 그들의 장인정신을 조금이나마 마음에 담고 싶었다.

Kloster Wiblingen, Schlossstraße 38, D-89079 Ulm, Deutschland
Staatliche Schlösser und Gärten Baden-Württemberg
http://www.kloster-wiblingen.de

3 우주와 하나로 합쳐지는 학자의 집
규장각

창덕궁의 왕실도서관

경복궁을 비롯해서 창덕궁, 창경궁, 덕수궁은 우리나라에 현존하는 대표적인 조선시대 궁궐이다. 이 궁궐들은 하나같이 조선의 역사를 해석하고 왕실문화를 이해하는 데 필요한 교과서라고 할 수 있다.

그 가운데 태종 5년^{1405}에 창건된 창덕궁은 경복궁의 이궁離宮으로 쓰다가 광해군 이후 고종 때까지 13대에 걸쳐 270년 동안이나 왕이 거처하던 정궁으로 사용된 유서 깊은 곳이다. 세조 때에는 규모가 15만여 평에 이르렀는데 임진왜란으로 대부분 불타서 선조 때 복구를 시작해 광해군 때 완료했다. 이후에는 인조반정에 의해 또 다시 소실되는 등 수난이 많았다.

창덕궁은 한국 궁궐건축의 비정형적 조형미를 대표하고, 다른 궁에서 흔히 볼 수 없는 독특한 후원을 가지고 있다. 한국 전통 조경의

주합루 전경. 어수문을 통해 계단을 오르면 규장각에 이른다. 서편에 서향각 건물이 절묘하게 배치되어 있다.
©문화재청

전형과 특성이 잘 보존된 정원은 창덕궁과 함께 1997년 12월, 유네스코 세계문화유산으로 지정되었다.

창덕궁은 경복궁 동쪽에 있기 때문에 동궐이라고도 불린다. 지세는 경복궁처럼 넓은 평지가 아니라 뒤에 구릉을 두고 앞쪽에는 낮은 언덕, 좌우에는 평지가 열려 있다. 서쪽에 북에서 남으로 흐르는 옥류천이라는 실개천이 있어 새로 복원한 청계천으로 합류된다.

일반적인 궁궐의 배치는 전조후침^{前朝後寢: 앞쪽에 정사공간을 두고 뒤쪽}에 생활공간을 배치, 좌묘우사^{左廟右社: 왼쪽에 종묘, 오른쪽에 사직을 배치} 형태를 따르는 것이 보통이다. 창덕궁 역시 이 형식을 준용하되 산세에 따라 자연에 순응해 땅의 기운을 흩트리지 않으면서 효율적으로 활용하고 궁궐과 전각을 아름답게 배치했다는 점, 특히 궁궐 뒤쪽 후원 핵심자리에 규장각이 있다는 점 때문에 나는 4대 궁궐 중 이곳을 가장 좋아한다.

이 정원을 옛 기록에는 금원, 내원, 북원^{北苑, 北園}, 후원이라 했다. 우리는 흔히 비원^{秘苑}이라고 하는데, 이것은 일제 강점기 때 조선총독부가 멋대로 붙인 이름이다. 정문인 돈화문으로 들어와서 동으로 흐르는 금천교를 지나 대조전^{大造殿} 동쪽 담장을 끼고 현재 종묘 뒤쪽의 작은 언덕으로 이어진 오솔길을 따라가면 그 동쪽 끝에 창경궁과 연결된 길이 나온다.

이 길을 따라 창덕궁 후원의 정문에 해당하는 취화문^{翠華門}을 비껴서 수림이 우거진 고개를 조금 넘으면 부용지라는 연못이 보이고, 그 연못에는 동서남북으로 터져 있는 '亞' 자 형 지붕의 부용정

芙蓉亭이 발을 반쯤 담근 채 물그림자와 함께 춤추고 있다.

이 연못과 연결된 일주문인 어수문魚水門을 지나 석조 계단을 몇 발자국 올라가면 언덕 위쪽에 단아한 팔작지붕우리나라 전통 건축물의 지붕 중 대표적인 형태로 용마루, 내림마루, 추녀마루가 있어 날렵해 보인다을 얹은 2층 전각이 나타난다. 이곳이 바로 주합루宙合樓다. "우주와 하나로 합한다"라는 뜻을 가진 주합루는 조선 22대 왕인 정조의 얼이 서린 곳이다.

정조는 1776년 즉위한 후, 곧 부용지 위쪽 영화당暎花堂 서북쪽 언덕 위에 있는 작은 서고에 불과했던 이 건물을 왕과 관련된 기록물과 도서를 보관하고 관리하는 특수도서관으로 리모델링했다.

2층으로 된 이 전각의 아래층은 규장각, 위층은 주합루라고 한다. 위층은 젊고 유능한 인재들을 불러 그들과 정사를 논하며 왕도정치를 펴던 활동의 공간이자, 강론이 없을 때에는 열람실로 이용되었다. 아래층은 역대 왕의 어진御眞, 어제御製, 어필御筆을 보관하고 국내외의 도서를 수집, 이용, 보존하는 그야말로 왕실도서관의 전형이라 할 수 있다.

책과 문장을 주관하는 향기나는 집

규장이란 제왕이 지은 시문이나 조칙 등의 글을 가리키는 용어로도 쓰는 말이다. 원래 규장각은 숙종이 종친의 업무를 맡은 종부시宗簿寺에 세운 곳으로 어제와 어필을 보관하던 곳이었다. 이곳을 중심으로 문신과 무신의 전시殿試: 왕이 친히 보던 과거를 보던 춘당대春塘

「동궐도」에서 주합루 일대 부분 그림.
조선시대 창덕궁과 창경궁을 그린
작품으로 가로 584센티미터, 세로
273센티미터 크기에 16첩 병풍으로
꾸며져 있다
(고려대·동아대 소장).

주합루 원경. 부용지와 연결된 부용정을 마주한 어수문과 주합루가 절묘한 조화를 이룬다.

臺가 있었고, 그 옆에 임금과 함께 세자와 중신들이 꽃을 감상하며 시예를 나누던 영화당과 부용지 남쪽에 왕이 고기를 낚고 시를 읊던 택수재澤水齋가 있었을 뿐이다. 택수재는 1707년 숙종 33년에 건립된 것으로 정조 16년[1792]에 고쳐 지으면서 부용정이라 했다.

왕실도서관은 규장각을 위시해서 별관으로 많은 도서관을 두었다. 서남쪽에 어진과 왕실 물품을 모셔두는 봉모당奉謨堂을 두고, 정남쪽에는 국내 서적과 중국 서적을 보관하는 열고관閱古觀과 개유와皆有窩, 서고西庫 등 부속 전각들이 여러 채 있었지만 거의 불타버리고 주합루 바로 서편에 동향으로 자리 잡은 서향각書香閣이 남아 있다.

봉모당은 역대 왕의 글과 글씨, 세보世譜, 보갑寶匣과 함께 왕이 즐

62

김영택 화백의 펜화 「열고관과 개유와 도서관」. 지금은 빈터만 남아 있다.

겨 읽던 책도 함께 보관하던 곳이었다. 이곳은 일제 강점기 때 헐어서 지금 복원공사 중이며, 여기에 있던 책들은 대부분 창경궁 장서각藏書閣으로 이관되었다가 지금은 한국정신문화연구원으로 옮겨 관리되고 있다.

열고관과 개유와는 주합루 남쪽 언덕에 'ㄱ'자로 붙여 만든 2층 건물로서, 2층 남향 건물이 열고관이고, 1층 동향 건물이 개유와다. 이 건물은 일제 강점기 때 모두 헐리고 지금은 빈터만 남아 있다. 정조가 세자 때부터 늘 이곳에서 공부하면서 개인 서재 겸 도서관으로 이용했던 장소라 아름답기로 소문나 있다. 그나마 헐리기 전의 건물을 1928년에 찍은 유리 건판 사진이 창덕궁 관리사무소에 남아 있어 이를 바탕으로 김영택 화백이 『중앙일보』2008. 9. 5.에 펜화 그림으로 복원해냈다. 열고관 2층 창은 들어열개문으로 통풍을 원활하게 만들었고, 햇빛과 비가 들이치지 않도록 처마를 길게 만들었다. 마루를 받치는 낙양각도 크고 화려할 뿐만 아니라 2층 밖으로 마루를 덧붙이고 계자각 난간을 달아 그 아름다움이 당대의 건축물 중 백미로 꼽혔다.

이곳은 중국의 전적 2만여 권을 보관했던 곳으로, 이중에는 정조 원년 청나라 강희제 때 편찬한 『고금도서집성』 5,000여 책도 있었다. 이 책은 중국에서도 희귀 자료에 속하며 당시 규장각 학사들이 많이 이용했는데, 정조 때 수원 화성을 건설하면서 다산 정약용은 이 책에 들어 있는 「기기도설」을 참고하여 거중기擧重機를 발명해 많은 인력과 예산을 절감했다고 한다. 이곳에서 보관했던 책과 서향각, 서고 등의 책들은 식민지 시기에 경성제국대학 부속도서관에 이관되었다가 지금은 서울대학교 규장각에서 소장하고 있다.

주합루 서쪽에 있던 서고西庫는 서서西序라고도 불렸다. 이곳은 열고관과 개유와에 책이 점점 늘어나자 추가로 지은 것으로 한국 책만 골라 따로 보관했다. 정조 5년1781 규장각 각신이던 서호수에 명하여 서고와 열고관의 책을 조사해 그 목록을 만들게 했는데, 그것이 곧 『규장총목』이다. 이 서고에는 한국 책을 보관했지만 모두 소장한 것은 아니고 각종 의궤와 『조선왕조실록』 등 주요 사료는 지방의 여러 사고에 분산해 보존했다. 또 일부는 강화도 외규장각에서 보존하다가 1866년 병인양요 때 프랑스군에 의해 6,000여 권의 장서 중 300여 권은 침탈당하고 나머지 책들은 소실되었다.

창덕궁 서고에 있던 책들은 순종 때 제실도서로 편입되었다가 지금 서울대학교 규장각에서 보존 관리하고 있으나, 건물도 역시 일제 때 헐리고 빈터로 남아 있다.

서향각은 봉모당에 봉안된 어진이나 글씨를 포쇄曝曬: 책을 햇빛에 말리는 것하는 장소여서 '책 향기가 나는 집'으로 부르기도 했다. 일제시대 조선총독부는 이곳을 누에를 치는 양잠소로 만들어 문 위에 '親蠶勤民'친잠근민: 누에와 친한 부지런한 백성이라는 현판을 달고 지저분한 작업장으로 바꿔놓기도 했지만, 다행히 이 건물은 지금까지 남아 그 옆에 있는 주합루와 아름다운 조화를 이루고 있다.

책은 곧 삶이요, 삶이 책일지니

우리나라 옛 건축물은 편액만 보아도 건물의 기능과 활동을 대강 알 수 있다. 인정전仁政殿은 왕이 어진 정치를 펴는, 즉 왕이 집정하는 장소로 이해할 수 있듯이, 서향각이라 하면 책의 향기가 나는 전각이 되고, 규장각이라고 하면 하늘의 별 중에서 문장을 주관하는 별자리에 있어 서적과 관련되는 집이 되는 것이다.

유독 우리나라 건축물에는 경經, 문文, 서書, 전典, 현賢과 같은 이름이 붙은 현판이 많다. 이런 건물들은 모두 책과 관계되거나 학문과 관련된 건물로 보면 된다. 교서관校書館, 보문각寶文閣, 수서원修書院, 예문관藝文館, 장경각藏經閣, 전교시典校寺, 존경각尊經閣, 집현전集賢殿, 홍문관弘文館 등이 그 예다. 이런 명칭을 가진 집과 기관이 많은 것은 우리나라만의 특징이라 할 수 있다. 서양 건물들이 건물과 깊은 관련 있는 사람의 이름이나 기관의 명칭 또는 기부자의 이름을 붙이는 것과 대비되는 현상이다.

아내가 자신의 남편을 서방^{書房}님, 즉 '글방에 있는 님'으로 부르는 나라, 몽골의 외침을 막고자 국가의 명운을 걸고 팔만대장경을 완성한 나라, 그리고 '책'과 같은 뜻을 가진 어휘가 우리처럼 많이 있는 나라도 이 세상에 없을 것이다.

책의 동의어를 찾아보면, 권, 도, 문, 본, 서, 적, 전 등이 있고, 여기서 파생된 단어만 해도 도서, 문적, 서적, 장적, 전적, 판적, 서권, 서전, 서책, 간책, 전책, 죽책, 책자 등등 헤아릴 수 없이 많다.

영어에서 책을 표현할 때는 'Book' 하나로 통용되지만, 우리는 책을 뜻하는 본^本 하나만 가지고도 고려본, 조선본, 목판본, 활자본, 귀중본, 희귀본, 관본, 사간본, 진본, 사본, 필사본, 초간본, 재간본, 중간본, 모사본, 저본, 지본, 수진본, 방각본, 번역본, 영인본 등 100여 개가 넘는 단어를 만들고 표현해낸다.

책뿐만 아니라 종이도 마찬가지다. 생산지에 따라 그 이름이 달라, 조지서^{造紙署}에서 만든 자문지, 표전지를 비롯해서 전주와 남원의 선자지, 완지, 죽청지, 태지, 화선지와 순창의 상화지, 영변의 백로지, 평강의 설화지 등 멋스러운 이름 아래 고을마다 각기 독특한 종이를 생산했다.

이처럼 책과 종이와 관련된 언어가 많은 것은 우리나라의 특징이자 저력이다. 그만큼 우리는 오래전부터 학문을 숭상해 글과 친숙했고 종이와 책을 중시했다. 종이가 생활이었고, 책이 국가였으니

부용지에서 튀어 오른 잉어가 등용문을 통과하여 마침내 주합루에 오르게 된다.

세계에 내놓을 만한 아름다운 도서관이 있는 것은 당연한 일이 아닐까.

　내가 처음 창덕궁을 찾았을 때는 1960년대 말, 친구와 그의 일본인 친구와 함께였다. 당시 연못은 쓰레기로 가득 차 지저분했고 지붕과 벽들이 낡아 이런 곳을 일본인에게 보인다는 것이 왠지 부끄럽다는 생각밖에 없었다. 그 뒤 20여 년이 흘러, 내가 우리나라 문화재에 눈이 트이고 또 도서관에 관심을 가지게 되면서 이곳이 우리 왕실도서관이었다는 것을 알게 되었다. 우리에게도 이렇게 아름다운 도서관이 존재했다는 것과 그 소중함을 뒤늦게나마 깨달아서 정말 다행이라고 생각한다.

　창덕궁은 각 건물이 저마다 미려한 자태를 지니고 있을 뿐만 아니라 개성 있는 건물들이 각각 조화롭게 안치되었고, 자연의 풍광과 어울려서 연못에 반사되는 장면은 실로 우리나라 조경의 으뜸이라고 할 만하다. 건물의 이름과 배치 역시 하나하나 깊은 뜻을 담고 있어 의미를 알고 보면 아름다움은 한층 배가된다.

천원지방天圓地方의 원리에 따라 네모진 인공 연못 부용지는 땅이면서 신하를 의미하고, 연못 가운데 서 있는 둥근 섬은 하늘인 임금을 의미한다. 연못가 부용정 맞은쪽에는 주합루의 정문이라 할 수 있는 어수문이 있는데, 이 또한 정조가 세운 것으로, 서로 떨어져 살 수 없는 물과 물고기처럼 왕과 신하도 한 몸이 되자는 뜻이 담겨 있다.

부용지 동남쪽 모서리를 자세히 보면, 잉어 조각이 새겨져 있다. 물에서 힘껏 튀어 오른 잉어는 어수문, 즉 등용문登龍門을 통과해서 우주의 이치, 이상적인 정치를 펴고자 하는 주합루로 오르게 된다. 어수문 지붕 아래에는 용의 조각이 새겨져 있는데 이는 곧 우리가 흔히 말하는 등용문인 셈이다.

아직 용이 안 된 물고기, 즉 학문을 준비하는 젊은 인재가 이 어수문을 통과하면 바로 규장각으로 진입할 수 있도록 한 조선 왕조의 콘셉트가 모두 이 속에 녹아 있다고 볼 수 있다. 이만한 상상력과 탐미의식 그리고 학문의 로드맵을 그려온 것을 보면, 우리만큼 호문好文하고 숭학崇學하는 민족이 이 세상 어디에 또 있을까 싶기도 하다.

학자들의 집, 규장각

정조가 규장각이라는 편액을 걸고 새로운 시스템을 갖춘 도서관으로 출발한 때는 1776년이다. 이해는 미국이 독립국가로 출발하기 위해 필라델피아에서 '독립선언서'를 선포한 해이고, 동시에 컬럼비아대학도서관을 설립한 해이기도 하다. 실제 컬럼비아대학은 그보다 20여 년 앞선 1754년에 창립되었으며, 현재 아이비리그에 속하는 명문 대학이다. 이 대학은 영국 식민지 시대 뉴욕의 유지들이 영국 왕 조지 2세의 인가를 받아 만든 킹스칼리지로 출발했는데, 독립 후 1896년 종합대학으로 개편하면서 컬럼비아대학으로 이름을 바꿨다.

컬럼비아대학은 1887년에 미국 최초로 도서관학부$^{School of Library Economy}$를 세우고, 이어서 광산학부, 사회사업학부, 교원대학을 만들어 새로운 학문 분야를 개척했다. 학문의 동질성을 가지고 서로 비교한다면, 규장각과 컬럼비아대학도서관은 국적과 문화는 다르지만 같은 해에 태어난 동기생이라 할 수 있다.

서울대학교 도서관은 규장각 창설 200주년이 되는 1976년에 '컬럼비아대학 창설 200주년 기념 규장각 도서 전시회'를 마련한 적이 있다. 당시 서울대학교 도서관에 있던 나는 규장각의 위대한 뜻도 잘 모르고 컬럼비아대학도 잘 모르고 무심히 지나쳤다. 우리나라에도 세계에 내놓을 만한 것이 있다는 자랑스러운 사실을 그 후 한참이 지나서야 알게 되었고, 그때 만든 빛바랜 팸플릿 전시 목록을 통해 당시를 되새길 뿐이다.

『조선왕조실록』중「세종실록」
(서울대학교 규장각 소장).

　지금 규장각 건물은 찬란했던 과거의 영광을 잊은 채, 옛 궁궐 속에서 뜻도 모르는 관광객을 맞으며 쓸쓸히 빈집을 지키고 있다. 소장하고 있던 모든 도서와 기록물들도 그곳을 떠나 지금은 서울대학교 규장각에서 보존 관리하고 있다. 규장각 도서 안에는 유네스코가 등재한 세계기록유산인『승정원일기』『조선왕조실록』을 비롯해 7종7,078책의 국보와 8종28책의 보물이 있다. 책의 수량은 한국본, 중국본, 일반고서, 문고도서, 고문서 등을 합하면 모두 24만 3,000여 점이 된다.

　규장각과 함께 그 안에 있던 방대한 도서들은 우리 민족의 운명처럼 숱한 시련과 상처를 겪었다. 1776년 9월 규장각이 창설된 후,

1990년 개관된 서울대학교 규장각 건물(왼쪽).
2005년 신관(오른쪽)을 증축했는데, 기존 건물의 열주를 가린 모습이 아쉽다.

구한국 때 처음으로 궁내부 규장원으로 명칭을 바꾸었다. 이 기구
는 다시 이왕직 서무계로 옮겨지고, 일제의 식민통치 때는 조선총
독부 취조국, 참사관분실, 학무국, 경성제국대학 부속도서관 소속
으로 전전하다가 1945년 해방과 동시에 서울대학교 도서관으로
이관되었다.

1975년 동숭동에서 관악 캠퍼스로 이전한 후, 서울대학교 중앙
도서관 안에 별도로 규장각 도서관리실을 설치하여 자료를 관리하
다가 1990년에 규장각 독립건물을 지어 용의 날, 용띠 총장이 비가
내리는 가운데 개관식을 치렀다. 이후 규장각은 서울대학교에서 독
자적인 기구로 발족해 15년 동안 운영되다가 시설이 협소해 2005
년 4월 규장각 건물 앞쪽에 맞붙여서 새 건물을 증축했다.

새로 지은 건물은 호화롭고 우아해 보인다. 하지만 건물의 아름
다움으로 치면 먼저 건물이 훨씬 낫고, 나란히 붙은 두 건물이 서로
균형을 잡지 못해 원래의 아름다움을 해치고 있다. 새로 지은 건물

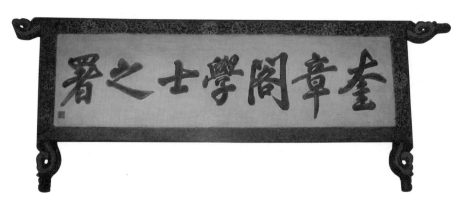

'규장각 학사들의 집' 현판.

은 옛 건물 전면에 펼친 8개의 열주를 완전히 가리며 관악산의 지세를 누르고 있는 형세다. 고전미를 살려 주합루를 참조하거나, 건물 뒤쪽에 새로운 건물을 따로 지어 배치했더라면 어땠을까 하는 아쉬움이 남는다.

관악 캠퍼스의 규장각 건물은 아무래도 옛것에는 못 미치지만 책과 유물은 그대로 옮겨놓았기 때문에 비할 데 없이 아름다운 것들이 많다. 당시 규장각 안에 걸어둔 편액들을 보면 규장각 각신閣臣: 조선시대 규장각의 제학, 직제학, 직각, 대교를 일컫는 말로 학문연구의 기틀을 쌓은 고급 관원이다. 정치를 논의하며 비행관리를 탄원하는 권한도 행사했다. 제학은 종1품으로 재상급의 대우를 받고 그 아래 직급에서는 서적의 수집, 정리, 인쇄, 포쇄, 출납의 업무를 맡는다. 나는 각신을 오늘의 사서 내지 문헌관으로 해석한다에 대한 배려가 얼마나 세심했는지 별도의 설명이 없어도 이해가 될 듯하다. 규장각 안에 걸어둔 편액 중 몇 개만 예를 들면 다음과 같다.

受敎(수교): 왕이 직접 신하에게 하달하는 명령

客來不起(객래불기): 규장각 각신은 근무 중에 손님이 와도 일어나지 않는다

閣臣在直戴冠坐椅(각신재직대관좌의): 각신은 근무 중에 반드시 관을 쓰고 의자에 앉아 업무를 수행한다

雖大官文衡非先生毋得升堂(수대관문형비선생무득승당): 비록 고관, 대제학이라 할지라도 각신이 아니면 당 위에 올라오지 못한다

이 말은 정조대왕의 어명이다. 학자를 위한, 사서를 위한 왕의 배려가 얼마나 지극했으며, 여기서 봉사하는 각신들의 자부심은 또 얼마나 대단했을지, 이 말 하나만 보아도 당시의 규장각 분위기를 충분히 가늠할 수 있다.

학문을 즐기고 당시의 책과 그때 그들이 쓰던 시설을 보고 싶다면 서울대학교 규장각으로 한번 찾아가 전시실 입구에 붙어 있는 '奎章閣學士之署'규장각학사지서의 의미를 꼼꼼히 되새겨볼 일이다.

서울특별시 관악로 1, 서울대학교 규장각
http://kyujanggak.snu.ac.kr

4 지식의 불을 밝히는 등대

미국 의회도서관

인류의 모든 지식과 정보가 모여 있는 곳

"세계가 어느 날 갑자기 붕괴되더라도 미국 의회도서관만 건재하다면 복구는 시간문제다."

도서관인들 사이에 흔히 오가는 이 말은, 미국 의회도서관이 얼마나 거대한 자료를 구축하고 있는지 단적으로 보여준다. 인류의 모든 지식과 정보가 모여 있으니 설사 세계가 멸망해도 이곳만 무사하다면 문명을 재생할 수 있다는 이야기가 과장으로 들리지 않을 만큼, 미국 의회도서관은 모든 면에서 월등하다. 미국뿐만 아니라 세계 최고의 도서관으로서 그 시설이나 규모, 그리고 인적자원 등은 다른 도서관의 추종을 불허한다.

이 도서관은 제퍼슨 의회도서관이 개관하면서 그 시작을 알렸다. 1897년 11월 1일, 새 도서관이 문을 여는 날 미국의 주요 신문들은 "세계에서 가장 거대하고, 가장 비싸며, 가장 신뢰할 수 있고, 전 미

제퍼슨 도서관 중앙 홀.

1897년에 개관한 제퍼슨 도서관 전경.

국에서 가장 아름다운 도서관"이라고 일제히 예찬했다.

현재 워싱턴 D.C.의 심장부, 의회 의사당 언덕 바로 뒤에 자리 잡고 있는 이 도서관은 제퍼슨 도서관을 비롯해 3개의 건물로 구성되어 있으며, 각각의 도서관은 의사당과 이어지는 지하 통로와 서로 연결되어 효율적으로 활용되고 있다.

미국 의회도서관은 1800년 수도를 필라델피아에서 워싱턴 D.C.로 옮긴 후, 당시 미국 2대 대통령이던 존 애덤스가 1800년 4월에 지원한 5,000달러로 영국에서 3장의 지도와 도서 740권을 구입하면서 출발했다. 그러나 당시에는 독립된 도서관이 없어 의회 건물 한쪽에 서가를 만들어 보관만 했을 뿐이다.

1801년 3대 대통령으로 당선된 토머스 제퍼슨은 1802년 의회도서관의 역할과 기능을 인정하는 법률을 승인하여 의회 내에 의회 도서관 자료실을 설치하고 라이브러리언^{Librarian: 보통은 사서로 번역되지만 직책명으로 도서관장을 가리킨다}의 임명과 예산요구 그리고 집행을 제도화했다. 이런 사실 때문에 의회도서관 창립연도를 1800년 또는 1802년으로 보는 두 가지 견해가 있었는데, 2004년 6월부터 도서관 방문자에게 나누어주는 팸플릿에는 창립연도를 1800년으로 안내하고 있다.

미국 의회도서관의 역사를 말하자면, 전쟁의 상처를 빼놓을 수 없다. 1812년 7월 18일 미국은 영국에 선전포고를 했다. 3년 동안 이어진 전쟁으로 백악관이 불타고, 1815년 8월 24일 의회 서고에 모아둔 3,000권의 장서가 소실되었다.

도서관은 그 다음 해에 6,500여 권의 도서를 새로 구입해 불타서 없어진 장서의 2배를 확보했다. 장서는 늘어났지만 당시 의사당 건물이 건축 중이어서 별도의 도서관 없이 기숙사 등으로 전전하다가 1824년 새 의사당이 완공되면서 그 안에 자리를 잡으며 비로소 도서관으로서의 면모를 갖추게 되었다.

그 후, 1897년 의사당 뒤편 동쪽 한 블록을 차지한 독립건물을 지어 돔을 포함해 5층 높이의 제퍼슨 도서관을 개관한다. 그리고 40여 년 후, 1939년에는 2관인 존 애덤스 도서관을 제퍼슨관 뒤편에 완공했고, 다시 40여 년 후인 1980년에는 3관인 제임스 메디슨 도서관을 제퍼슨관 왼쪽 길 건너편에 개관했다. 이 세 도서관을 모두 합해서 의회도서관이라고 한다.

의회도서관은 원래 미국 의회의 의원활동을 지원하고 정부관료의 행정 및 연구를 지원하는 기관으로 출발했지만 지금은 미국을 대표하는 국립중앙도서관으로서 의원뿐만 아니라 학자, 연구원 등 전 국민을 대상으로 창조적인 지식과 정보를 제공해 고등학생 이상의 이용자들은 무료로 자료를 열람할 수 있는 세계 최대의 도서관이다. 의회도서관에서 내걸고 있는 주된 사명은 다음과 같다.

첫째, 미국 의회에 대한 지속적인 지식과 창의성을 제공하고, 둘째, 미국 의회와 국가의 현재와 미래를 위해 포괄적인 기록물과 인류 지식에 대한 전반적인 자료를 수집·조직·보존하여 안전하게 관리하고, 셋째, 국가 디지털도서관 프로그램을 통해 의회와 정부, 그리고 일반시민에게 최대한 접근할 수 있도록 하고, 넷째, 국가의 안녕과 미래의 발전에 도서관이 중요하게 기여할 수 있도록 문화적·교육적 가치를 부여한다.

도서관을 방문하거나 이용하는 데 있어서 얼마 전까지는 특별한 허가 없이도 쉽게 출입할 수 있었으나, 9·11 뉴욕 테러 이후 입관 시 검문과 검색이 매우 까다로워졌다. 도서관을 방문 또는 이용하려면 먼저 이용자 등록국에서 발급하는 사진이 부착된 이용자 등록카드^{유효기간 2년}를 지참하고 검색대를 통과해야 하며, 개인용 카메라는 허용하되 홀 밖에서 플래시 없이 창문을 통해서만 촬영할 수 있다. 도서관 내부나 외부를 촬영하면서 삼각대를 사용하거나 개인적인 용도 외에 다른 목적을 위한 영상물이나 영화를 촬영할 때는 반드시 메디슨관에 가서 승인을 받아야 한다.

2005년 8월 현재 의회도서관에는 5,000여 명의 정규직 사서와 직원이 매년 100만 명 이상의 이용자를 위해 봉사하고 있으며, 2,900만 권의 도서와 인쇄기록물, 270만 종의 레코드 자료, 1,200만 종의 사진, 480만 종의 지도와 5,800만 종의 필사본 등 모두 1억 3,000만 점을 보유하고 있다. 이 세 도서관에 설치된 서가 길이만 해도 850킬로미터가 넘는다니 세계 최고, 인류 최대의 도서관이라고 할 만하다.

의회로부터는 연간 50만 건 이상의 안건에 관한 정보 요청이 들어와 이러한 자료를 바탕으로 의원연구 서비스를 제공하고 있으며, 국가디지털도서관 프로그램을 구축해 누구나 모든 자료를 이용할 수 있도록 하고, 현재 인터넷상에서 의회 데이터베이스 'THOMAS'thomas.loc.gov 등을 구축해놓아 수백만 건의 자료에 무료로 접근할 수 있다.

한때는 스미스소니언협회가 국제적 도서교환사업으로 수집한 각국의 정부간행물, 학술자료의 수집과 교환 등으로 이곳과 함께 이원적 국립도서관으로 추진되기도 했지만, 당시 도서관장 스포퍼드의 노력으로 스미스소니언협회가 소장한 4만 4,000여 권의 장서를 의회도서관으로 이관하고, 1865년 납본제도의 확립, 1867년 국제교환 재개, 그리고 1870년 저작권법에 의한 저작권 등록 등을 시행함으로써 오늘날과 같은 세계적인 도서관으로 성장할 수 있었다.

그밖에도 의회도서관은 세계 최대의 전개식 분류법^{LC Classification}과 기계목록가독기술법^{LC MARC} 등 도서정리 기술에 관한 많은 업적을 쌓았으며 인쇄카드와 국가종합목록을 생산한 것은 지금도 여러 나라의 모델이 되고 있다.

책 영혼의 기쁨이여 - 제퍼슨 도서관

먼저 토머스 제퍼슨^{1743~1826}이라는 인물과 함께 그의 이름을 딴 제퍼슨 도서관부터 살펴보기로 하자. 제퍼슨은 현재 미국 2달러 지폐 속 인물로 미국 「독립선언문」을 기초하고, 버지니아대학을 설계하여 직접 세운 버지니아대학의 아버지이면서, 워싱턴, 링컨, 루스벨트 대통령과 함께 러시모어 산에 '큰 바위 얼굴'로 새겨질 정도로 미국을 빛낸 인물 중 한 사람이다.

그는 대통령이라는 직위로 설명되기 이전에, 역대 미국 대통령 중 가장 폭넓은 교양과 재능을 지닌 인물로 벤저민 프랭클린과 더불어 18세기 최고의 르네상스적 인간으로 평가된다. 그는 모든 지식의 힘은 '도서관의 창'^{library window}으로부터 들어온다는 것을 항상 역설했다고 한다.

제퍼슨이 사망한 후, 70여 년 만에 완공된 도서관 입구 앞에는 다른 도서관에서는 흔히 볼 수 없는 아름다운 분수대가 있다. 청동으로 만든 4미터 크기의 넵투누스와 님프, 그리고 해마, 고래, 거북, 바다뱀과 개구리 등이 뒤섞여 24시간 물을 뿜어내는 분수는 훌륭한 구경거리다. 특히 조명이 어우러지는 밤에는 분수 자체만으로도

도서관 앞 분수대. 조명이 어우러지는 밤의 풍경이 무척 화려하다.

장관을 이룬다.

분수대를 돌아 몇 계단을 오르면 청동으로 된 큰 문이 나타난다. 이 문을 들어서면이 문은 도서관 행사 때 외에는 주로 닫혀 있다. 일반 이용자와 방문자들은 계단 아래 건물 오른쪽에 있는 입구를 이용해야 한다, 대열람실이 눈앞에 나타나는데, 원형의 홀을 둘러싼 화려한 대리석 기둥과 바닥 장식, 스테인드글라스 천장 돔까지 약 25미터에 이르는 높다란 공간이 보는 이의 시선과 사고를 압도한다.

대개 중세 때 지은 수도원도서관 내부 모형을 보면, 타원형이거나 장방형을 하고 있다. 18세기 이후부터는 프랑스의 리슐리외 국립도서관, 캐나다의 의회도서관 등에서 실내를 원형으로 만들어 주변은 서고로, 가운데는 열람실을 만들어 이용자를 위한 공간으로 활용하고 있다.

제퍼슨관도 이런 풍을 따라 장대한 홀을 만들었다. 이 홀은 언뜻 보기에는 원형으로 보이지만 실은 팔각정 같은 구조다. 홀 내부 가운데 공간은 천장까지 오픈되어 있지만 가장자리 1~3층까지는 알코브alcove: 방 안에 있는 작은 방가 있어 각 방마다 소열람실이나 전시실 등이 구분되어 저마다 빛의 향연을 펼치고 있다.

홀은 모자이크 그림들과 600개의 창문 등으로 가득 채워져 있으며, 알코브 면을 따라 여덟 방향으로 나누어진 둥근 천장 돔은 황금빛으로 된 320개의 장미꽃 장식이 있다.

장미에 대한 관심은 옛 로마뿐만 아니라 서양에서 특히 유별나다. 영국을 비롯해 룩셈부르크, 모로코, 불가리아, 이라크가 장미를 나라꽃으로 섬기고 있으며, 영국 왕실의 휘장이나 전쟁터의 깃발 또는 미국 정부기관에서 여러 가지 상징으로 많이 사용한다. 도서관 천장을 덮은 황금빛 장미도 뉴욕 공공도서관의 장미열람실처럼 지식의 길잡이 노릇을 하겠다는 메시지를 드러내는 것이리라.

사람들이 접근하는 주요 요소에는 역사적 인물들의 동상과 옛 영어 또는 라틴어 명구들이 줄지어 새겨져 있다. 그 조각상들과 함께 2층으로 오르는 계단 옆, 홀 한가운데에는 이 도서관의 상징인 2미터 높이의 여신이 월계관을 쓰고 횃불—물론 전깃불이지만—을 들고 서 있다. 황금빛 장미 아래 지식의 등불을 밝히고 있는 순백의 수호천사는 그 자체가 아름다울뿐더러 주위와 멋지게 조화를 이룬다. 자유의 여신상이 미국을 상징하는 자유의 등불이라면, 이곳의 여신상은 인간의 지식을 밝히는 등대이자 진리를 상징하는 등불인 셈이다.

장엄한 멋이 일품인 제퍼슨관은 워싱턴의 건축사 존 스미스메이어와 폴 펠즈가 설계했다. 이탈리아 르네상스 양식을 도입했으며, 내부는 보자르 양식을 빌려 세련되고 화려하게 장식했다.

이곳을 장식하기 위해 50명 이상의 화가와 조각가, 대리석 전문가, 타일 제조공, 프레스코화를 전문으로 하는 페인트공, 그리고 청동 전문가와 기타 아티스트들이 동원되었으며, 그들의 장인정신은 신생 독립국의 예술과 문화를 대표하는 명소로 손색이 없는 종합 예술품을 탄생시켰다.

이 도서관에는 박물관이나 미술관에 진열될 법한 물건과 미술품, 그림 등이 도처에 즐비하다. 그 가운데 여행자의 눈에는 쉽게 띄지 않을 듯한 로마시대의 그림 한 점이 있다. 젊은 여인이 앉아서 한 손은 가슴에 대고 또 한 손에는 책을 쥐고 골똘히 뭔가를 생각하고 있는 모습이다. 무슨 생각을 하고 있는 것일까? 여인의 머리 위에 나부끼는 페넌트에는 라틴어로 'LIBER DELECTATIO ANIMAE', 즉 "책, 영혼의 기쁨이여"라는 글귀가 씌어 있다. 아마 이 여인은 자신의 영혼 또는 정신을 위해 책의 존재 의미와 그 가치를 생각하고 있는 것은 아닐까.

그렇다. 책은 단순히 읽을거리만 제공하는 것이 아니라 우리의 영혼을 기쁘게 해준다. 기원전 300년, 세계 문명의 십자로였던 이집트의 알렉산드리아 도서관 정문에는 '영혼의 치유소'라는 간판

제퍼슨 도서관 원형 열람실. 가운데는 개인 열람실이고 주위는 다목적 방으로 구성되어 있다.

이 있었다고 하지 않았던가.

시선을 중앙 홀로 옮기면 1층 가운데에는 개인 독서등이 달린 열람대가 보이고, 3층 벽감^{壁龕: 조각상, 책 따위를 두기 위해 벽을 파서 움푹 들어가게 만든 곳} 또는 내부 벽면의 핵심자리에는 베이컨, 밀턴, 로웰, 셰익스피어 등 유명한 문인, 철학자, 사상가 들의 조각상이 도열해 있는 것을 볼 수 있다. 열람실에 전시되는 개개의 아이템들은 보존을 위해 주기적으로 바뀌지만, 구텐베르크의 『42행 성서』와 마인츠에서 만든 『대형성서』는 열람실 1층에 영구적으로 전시하고 있다.

한국학 자료의 메카 – 애덤스 도서관

애덤스 도서관은 제퍼슨 도서관의 바로 뒤쪽에 있으며 1939년

황금빛으로 도금된 320개의 장미꽃 장식 돔.

에 개관했다. 조지 워싱턴의 뒤를 이어 미국의 2대 대통령이 된 존 애덤스[1735~1826]는 명석한 두뇌와 풍부한 지식으로 영국으로부터 미국의 독립을 승인받는 데 큰 역할을 했지만, 프랑스와의 명분 없는 전쟁, 그리고 많은 정적 등으로 재선에서 제퍼슨에게 패하고 고향에 돌아가 25년 동안 저술활동에 전념했다. 도서관 건물에 그의 이름이 붙여진 것은 아마도 1800년, 도서 구입을 위해 5,000달러의 예산을 지원해서 의회도서관의 주춧돌을 놓은 것 때문이 아닌가 한다.

애덤스관은 1928년 당시 관장이던 허버트 퍼트넘에 의해 설립되었으며, 지상 5층 높이의 엷은 베이지색 석조건물로 지어졌다. 건물 외형은 단순하지만 품격과 위엄을 느낄 수 있다. 동쪽에 나 있는

월계관을 쓰고 지식의 등불을 밝히고 있는 미네르바 지혜의 여신상.

책을 든 여인 위에 라틴어로
"책, 영혼의 기쁨이여"라고 쓰인
페넌트가 나부끼고 있다

문 앞에는 '문자의 고안자'라고 불리는 12명의 인물 동상이 있으며, 이곳에 있는 서가 길이는 290킬로미터에 달해 1,000만 권의 장서를 보관할 수 있다. 이곳에서 중점적으로 다루는 자료는 한국관을 비롯해 중국관, 일본관 등 대부분 아시아, 아프리카와 중동 지역의 것들이다.

애덤스 도서관에 있는 한국관에 대해 말하려면 45년 동안 사서로 활동한 양기백 씨 이야기를 빼놓을 수 없다. 그는 1950년 의회도서관에 한국관Korean Section이 신설되었을 때 첫 번째 한국인 사서로 채용되었다. 1995년 퇴직할 때까지 그는 한국 전문가로서 한국학 자료를 구축하는 초석을 놓았다. 미국 내 유관 기관이나 대학 등을 찾아다니면서 한국 관련 자료를 모으고 한국 책을 수집하는 데 열정을 바치고, 자신이 모은 12만 권의 책을 분류하고 목록을 만들어 한 권 한 권마다 레이블을 붙였다.

1939년 개관된 애덤스 도서관. 이곳에 한국관을 비롯해 일본관, 중국관,
아시아관과 아프리카관, 제3세계관 등이 있다.

이밖에도 그는 주미 한국대사관의 사료실 건립에도 깊숙이 관여
하고 『주미한국대사관 50년사』 『미의회의사록, 한국 관계 요약집』,
한국 관계 사료를 집대성한 『양기백 산고』전 6권 등을 발간했다.

지금 의회도서관 한국관의 총 장서 수는 21만 권에 달한다. 그중
에는 한국전쟁 전후에 남북한에서 발행된 신문 및 잡지, 한국전쟁
당시 발행된 남북한의 교과서, 1945~48년 사이 한국에서 발행된
미군정청 관보, 19~20세기 전후에 발행된 우리나라 고도서 및 문
학작품 초고본, 13~14세기 목판 자료, 한국의 고지도, 기독교 초기
성경 및 문서 등이 포함되어 있다. 이는 모두 한국에서 쉽게 볼 수
없는 귀한 자료들이다.

인류문명의 최신식 보물창고 - 메디슨 도서관

제3관인 메디슨관은 도서관의 장서 확장에 대응하고 멀티미디어 도서관으로서의 기능을 본격적으로 추진하기 위해 설립되었다. 제퍼슨관 오른쪽 한 블록을 모두 차지할 정도로 세 건물 중 규모가 가장 크고, 1980년 5월 28일에 개관했다. 이 건물은 정면 전체에 긴 열주를 촘촘히 세워 우리나라 국회도서관의 모습과 흡사하다. 이곳은 1981년 레이건 대통령이 취임식을 거행하면서 더욱 유명해졌다. 대통령 취임식을 도서관에서 하는 나라와 할 수 없는 나라의 차이는 무엇일지 생각하게 하는 대목이다.

제임스 메디슨$^{1751~1836}$은 제퍼슨에 이어 4대 대통령을 역임한 인물이다. 그는 그때까지 어느 나라에서도 상상치 못한 권력의 분할, 즉 입법, 사법, 행정부로 삼권분립하여 세 권력이 견제와 균형을 이루도록 하는 업적을 남겼다. 그야말로 미국 헌법의 기본 골격을 만든 장본인으로 '헌법의 아버지'라고 불리기도 한다.

그의 재임 당시 신생국인 미국은 영국과 프랑스의 간섭과 침략을 받아 많은 전쟁을 치러 국고 손실은 많았지만, 결국 전쟁에서 승리해 비로소 자주 독립국의 면모를 갖추게 되었다. 도서관 명칭이 그의 이름으로 되어 있어 혹시나 하고 그의 이력을 조사해보았지만, 도서관과 직접적인 관련은 없는 듯했다.

메디슨관은 도서관 구역 안에서 가장 최근^{1980}에 지어져 최신 설비와 기자재를 갖추고 있다. 현대적 감각으로 설계된 건물은 웅장함의 무게가 돋보이고, 크기만도 약 50만 평방미터에 달하며, 내부

메디슨 도서관. 이곳에서 레이건 대통령의 취임식이 거행되면서 더욱 유명해졌다.

는 기능적인 구조와 시각적 아름다움이 적절하게 어울려 장엄한 조화를 이루고 있다. 특히 건물 안 천장에 설치된 레일이 붙은 컨베이어 벨트를 통해 분주히 이동하는 덩치 큰 자료 묶음들을 바라보고 있노라면 과연 이곳이 세계 최대의 도서관이라는 것을 실감할 수 있다.

이처럼 의회도서관은 건축물뿐만 아니라 그 속에 포함된 온갖 장식물, 그리고 값진 장서, 박물관 자료, 그림 하나하나가 세계적 보물이라 해도 손색이 없다. 이곳을 소개하는 '보물'에 대한 책『의회도서관의 보물』*Treasures of The Library of Congress* 의 뒤표지에는 링컨이 사용하던 소품을 촬영한 사진이 실려 있다.

링컨이 암살자의 흉탄에 쓰러진 후 70여 년이 지난 1937년, 의

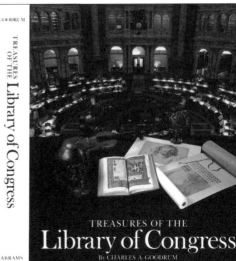

『의회도서관의 보물』책 뒤표지에 실린 링컨 대통령의 유품.

회도서관은 그의 손녀로부터 가죽으로 포장된 조그마한 상자 하나
를 기증받는다. 그 안에는 5달러짜리 지폐와 링컨이 평소 쓰던 안
경 2점, 안경집, 주머니칼, 조그마한 시계집, 금박으로 링컨의 이니
셜 'L' 자가 새겨진 낡은 옷소매 단추 1개, 그리고 'A. Lincoln'이라
고 수를 놓은 면 손수건 한 장이 들어 있었다. 그것은 링컨이 암살당
한 날 호주머니에서 나왔다는 그의 손때 묻은 소품들이다. 이것이
미국 16대 대통령 링컨의 전 재산이었고, 지금은 의회도서관의 가
장 중요한 보물이 된 것이다.

  그밖에도 의회도서관은 1863년 11월 링컨이 자필로 쓴 「게티스
버그 연설문」 초안을 비롯해서 전 세계에 50권이 남아 있는 구텐베
르크의 『42행 성서』 가운데 단 11권뿐인 벨럼 인쇄본을 보유하고
있으며, 시가 100만 달러의 가치를 지닌 초기간행본을 비롯해서 기

원전 2040년경에 만든 수메르인의 설형문자판, 그리고 1514년^{중종}^{9년} 목판본으로 찍어낸 『삼강행실도』 등 소중한 인류의 유산을 무궁무진하게 소장하고 있다.

내가 본 의회도서관은 극히 일부분에 불과하지만 눈앞에 있는 모든 것이 아름다웠고, 인류문명을 재생하기에 충분한 최고의 결정품으로 보였다. 어느 시인이 "천국의 모습은 도서관 같으리라"고 읊조린 것도 어쩌면 여기에 와보고 하는 말 같았다. 나는 이 아름답고 찬란한 도서관을 바라보며 이렇게 화답했다.

"연옥이라도 좋다. 도서관만 있으면 된다."

문화와 교육기관 중 최고의 걸작이라고 여겨지는 도서관, 그중에서도 인류의 기억장치를 가장 많이 간직하고 있는 의회도서관을 두 번밖에 가보지 못한 것이 아쉬울 따름이다. 여유가 생긴다면 한 번 더 찾아가 다만 며칠이라도 푹 파묻히고 싶다. 그때는 감각을 압도하는 아름다움에 사로잡히기보다는 그 안에 담긴 지식과 정보의 바다에서 오래도록 헤엄치고 싶다.

101 Independence Ave. SE. Washington D.C. 20540, U.S.A.
http://www.loc.gov

5 위대한 사서 없이 위대한 도서관은 없다
마자린 도서관

마자랭과 마자린 도서관

도서관을 가리키는 영어단어 Library는 나무껍질을 뜻하는 라틴어 Liber에서 비롯했다. 나무껍질은 파피루스의 속껍질, 즉 책의 원료를 뜻하고, 책을 모아둔 컬렉션 또는 책을 보관하는 집을 라이브러리라고 한다.

도서관을 영어 사용권에서는 라이브러리로 통일해서 쓰지만 유럽은 다르다. 그리스어 Biblio가 그 어원으로 프랑스에서는 Bibliothèque, 네덜란드에서는 Bibliotheek, 에스파냐와 이탈리아에서는 Biblioteca, 체코에서는 Knihovna, 그리고 독일에서는 Bibliothek 또는 Bücherei 등으로 부른다.

파리에 있는 마자린 도서관의 공식 명칭도 La Bibliothèque Mazarine이다. 한국에서는 이곳을 '마자랭 도서관'이라고 발음하는 경우가 많은데, 인명일 때는 '마자랭'이 옳지만 '마자랭의 도서

마자린 도서관 대열람실. ⓒMarie-Lan Nguyen

관'이라고 할 때는 'e'가 붙어 음도 '랭'이 아니라 '린'으로 발음하는 것이 맞다.

쥘 마자랭^{Jules Mazarin, 1602~61}은 프랑스 루이 14세 때 재상과 추기경을 동시에 지내면서 한 시대를 풍미한 거물급 정치인이자 성직자였다. 그를 포함해 17세기 파리의 귀족들은 절대왕권의 보호 아래 베르사유를 중심으로 호화롭고 사치스럽기 이를 데 없는 건축물을 지었다.

막대한 부와 지위를 소유했던 마자랭은, 1643년 자신의 저택에 있는 서재와 그동안 수집해둔 책들을 "연구 목적을 위해 찾아오는 모든 사람에게"라는 슬로건 아래, 파리의 지식층에게 모두 공개했다.

마자랭이 순전히 개인자산을 사용해 사상 최초로 공공 개념의 도서관을 만든 것은 당시로서는 파격적인 사건이었다. 그것은 그가 특별히 기용한 전문사서 가브리엘 노데^{Gabriel Naudé, 1600~53}라는 인물이 있기에 가능했다. 지금의 마자린 도서관은 노데 없이는 상상할 수 없다. 노데는 유럽 문화사에서 가장 위대한 도서관을 조직한 사람 중 한 명으로 꼽힌다.

위대한 사서 노데의 열정으로

문헌정보학을 공부한 사람은 서양도서관사에서 익히 들어온 이야기겠지만, 노데는 진정한 의미에서 세계 최초의 도서관학자다. 그는 인류의 역사 속에서 도서관이 발전해온 과정을 바르게 이해하고 도서관 설립의 바람직한 동기와 운영방법, 문헌을 정리하는 기술, 시설, 비품 그리고 그밖의 모든 도서관 설립과 운영에 관련된 문제를 정리해 명저『도서관 설립을 위한 지침서』*Advis pour dresser une bibliothèque*를 남겼다. 1627년에 발행된 이 책은 도서관학 최초의 개론서로써, 현대 도서관학의 이론적 기초를 마련했다. 이후 그의 도서관에 관한 사상과 철학은 이웃 유럽을 위시해서 멀리 미국까지 파급되었다.

인도가 낳은 위대한 도서관학자 랑가나단은 원래 수학을 전공했지만, 후에 도서관학자가 되어 '도서관학 5법칙'을 선언하고, 1933년에 유명한 '콜론 분류법'을 고안해냈다. 그보다 300여 년 전 프랑스의 젊은 청년 노데는 파리대학에서 의학을 전공했지만 의사가 아니라 사서가 되어 '도서관학의 창시자'로서 당시 유럽의 귀족과 지식인들이 독점해온 장서의 사유화 내지 재산적 가치관을 바꿔놓았다.

그는 도서관의 장서는 보존을 위한 재산이 아니라 이용을 위한 정보 미디어로 보고, 이 정보를 한층 수월하게 이용하기 위해서는 분류법이 필요하다고 여겼다. 그리고 당시 일반적인 사회 조류였던 귀중서나 희귀도서에 대한 편애를 공격하고, 고서가 중요한 것처럼 당대에 생산된 문헌에도 동등한 가치를 부여했으며, 도서관은 당연히 개방되어야 하고 이교도의 문헌도 확보해야 한다고 역설했다.

나아가 분류가 안 된 도서관은 "조직이 안 된 군중과 같고, 훈련이 안 된 군대와 같다"라고 비유하면서, 도서관 운영에 필요한 기술

마자린 도서관의 정면. 프랑스 학술원과 마주 보고 있는
이 도서관의 페디먼트 중앙에는 커다란 추기경 모자를 쓴 마자랭 얼굴이 부조되어 있다.

방법으로 12개의 독창적인 분류법을 개발했다. 그가 고안한 분류
법은 지금은 활용되고 있지 않지만 당시로서는 '가장 용이하고, 자
연스러우며, 가장 획기적인 분류법'으로 평가되었다. 그 내용은 다
음과 같다.

1 신학	2 의학	3 서지	4 연대기
5 지리	6 역사	7 군사	8 법률
9 교회법규	10 철학	11 정치학	12 문학

'위대한 사서' 노데의 흉상. 현재는 리슐리외 도서관으로 옮겨졌다.
오른쪽 | 1627년 파리에서 발행된 노데의 명저 『도서관 설립을 위한 지침서』 표지.

마자린 도서관을 유럽 최고의 도서관으로 만든 것은 순전히 노데의 열정과 노력이다. 그는 '위대한 수집가'로 불릴 정도로 유럽과 프랑스 각지를 찾아다니며 책을 모아 도서관을 확장하는 일에 매진했다. 여행을 할 때마다 흩어진 자료를 수집하기 위해 고물상이나 폐지상을 뒤지기도 하고, 이름 있는 장서를 확보하기 위해 때로는 '책 사냥꾼'이라는 악명을 감수하며 강압적인 수단을 사용하기도 했다.

이렇게 수집한 책들은 모두 도서관의 장서로 자리잡았다. 도서관은 많은 장서가 절대적으로 필요하며, 동시에 책은 개인이 독점하는 것이 아니라 대중에게 돌려주어야 한다는 것이 그의 신념이었다.

　지나친 수집벽 때문에 일각에서는 그를 두고 "위대한 책 도둑"이라고 혹평하지만 절대왕권이 군림하던 17세기 프랑스에서 지배층이 피지배층의 인권과 재산을 침탈하는 사례는 사실 흔한 일이었다. 반드시 오늘날의 잣대로만 해석할 일은 아니라고 본다.

　노데는 1642년부터 1651년 사이에 4만 권의 책을 확보하고 일일이 모로코 제본으로 호화장정을 해서 각 책마다 마자랭 가문의 장서표로 황금 문장을 찍어 도서의 품격을 한층 높였다. 당시 유럽에서 가장 크고 화려하며 '세계 8대 불가사의'로 꼽히던 마자린 도서관은 이렇게 탄생했다.

　노데는 이에 그치지 않고 앞으로도 계속 더 많은 책을 보유할 수 있도록 원형 회랑과 벽을 둘러싼 서가 등을 고안해 도서관 설립을 위한 도면까지 설계했다. 그의 위대함은 이런 만능에 가까운 다재다능함보다는, 도서관은 반드시 공공에게 개방해야 하고 이용자는 자료에 직접 접근할 수 있어야 한다고 주장한 '사서정신'에서 찾아야 할 것이다. 그를 기리는 말 "위대한 사서가 없으면 위대한 도서관은 없다"는 문구를 가슴으로 수긍할 수 있는 이유이기도 하다.

　그의 노력에 힘입어 마자랭 컬렉션은 17세기부터 19세기까지 유명한 작가와 문인들, 그리고 부호들로부터 50만 권 이상의 장서를 확보할 수 있었고, 프랑스 혁명 기간 중 귀족들로부터 몰수한 상당한 양의 서적을 인수함으로써 도서관 규모는 점점 더 커졌다. 이 시기 영국의 옥스퍼드대학 보들리언 도서관 장서가 12만 권에 불과했던 사실을 감안하면 마자린 도서관의 장서는 당시로서는 엄청난 규모였다고 할 수 있다.

그 후, 1661년 마자랭이 죽기 며칠 전에 전 재산을 영주국대학領主國大學 네 곳에 기부해 그 안에 도서관을 설치하고 마자린 도서관을 합병했으며, 1668년에 교황의 칙령으로 왕실도서관에 장서가 흡수되기도 했다. 그 뒤 1945년에 프랑스 학술원의 부속도서관으로 병합되어 지금은 학술원과 한 울타리 안에서 동거하고 있다.

읽고 싶은 자는 모두 이리로 오라

직접 찾아가서 본 마자린 도서관은 프랑스 학술원에 통합되었다기보다는 오히려 학술원이 그 안에 포함된 듯한 인상이었다. 도서관과 학술원은 입구를 따로 쓰지만, 마당을 공유하며 똑같이 고딕 양식으로 지어진 두 건물이 서로 마주보고 있다. 정면의 모습이 약간 다를 뿐이고 내부는 거의 유사하며 열람실 홀은 오히려 마자린 도서관이 더 크고, 장서도 더 많아 보였다.

학술원 정면 페디먼트에는 현재 시간을 정확히 알리고 있는 커다란 시계만 덩그렇게 붙어 있는 데 비해, 마자린 도서관에는 커다란 추기경 모자를 쓰고 있는 마자랭의 모습을 새겨놓았다. 이어서 안으로 들어가면 계단 입구에서 흰 대리석으로 만든 마자랭의 흉상이 방문객을 반겨준다.

도서관으로 들어갈 때는 1824년 레옹 비에가 만든 곡선계단을 거쳐야 한다. 이 계단 옆으로 햇빛 일부가 안으로 들어올 수 있도록 유리지붕을 얹은 타원형 갤러리가 보인다. 이 갤러리 벽감 안에 있는 흉상들을 감상하면서 계단을 통해 위로 올라가면 검은색 대리석에 새긴 '도서관 및 박물관'이라는 간판이 붙은 문을 마주하게 된다.

입구를 지나 작은 반자로 꾸며진 8각형의 방으로 들어가면 아트리움 콜베리티눔Atrium colberitinum이라는 방이 나타나는데, 이곳은 도서관 목록을 위해 헌정된 곳이다. 목록들 일부는 벽에 세워놓은 등록부에, 다른 일부는 벽에 짜 넣은 많은 서랍들과 방 중앙에 위치한 가구들 안에 색인을 붙여 정리해놓았다.

붉은 대리석으로 틀을 짜고 백색 대리석 장미꽃으로 장식을 한 중앙 홀로 이어지는 문의 측면에 흉상이 자리하고 있는데, 문 위의 명패에 '마자랭'이라고 씌어 있다. 중앙 홀에서 열람실로 들어가는 복도 앞에는 마자랭 홀과 함께 '가브리엘 노데의 방'이라 새겨진 검은색 대리석 판이 눈에 들어온다.

실내는 대체로 어둠침침하며, 촛불 형태로 만든 조명등이 천장 아래로 길게 늘어져 있어 간신히 어둠을 면하고 있다. 이용자들을 위해서는 각 책상마다 독서등을 설치해 자료를 살피는 것에 불편이 없는 듯했다. 'ㄱ'자 형으로 된 실내 가운데에는 평범한 책상들이 이어질 뿐이지만 양쪽 벽면은 아름다운 장식품들로 가득해 호사스러움의 극치를 보여주고 있다96, 97쪽 사진 참조.

코린트식으로 조성된 기둥에 오크나무로 만든 서가와, 회랑 위에 해머로 두들겨 만든 철제난간 등은 프랑스 왕궁을 모델로 삼았다고

설립자 마자랭의 흉상.

한다. 서가 앞에는 판테온의 배치형식에 따라 청동과 대리석으로 만든 크기가 엇비슷한 흉상들—고대로부터 중세 이전까지 50개의 인물상—이 일정한 간격으로 받침대 위에 진열되어 있다. 이 많은 흉상들은 대부분 1789년 프랑스 혁명 때 귀족들의 저택에서 몰수해온 것인데 우리 귀에 익은 역사적 위인이나 잘 알려진 인물은 별로 없어 보였다.

한국을 떠나기 전, 마자린 도서관에 가면 꼭 확인하고 싶은 것이 있었다. 가기 전에 읽은 자료에 따르면, 마자랭 서재의 동쪽 현관에 노데가 직접 기록했다는 "읽고 싶은 자는 모두 이리로 오라"는 글귀가 있다고 했다. 현장에서 직접 그 글귀를 보고, 지금 우리의 도서관에서 일하는 모든 사람들이 마음에 새겼으면 하는 이 명언을 간직하고 싶었다. 하지만 우리를 안내해준 젊은 사서 파트릭 라투르 씨는 그런 말을 들어본 적도 없고, 그 위치도 잘 모른다고 했다.

그렇다면, 노데의 흉상은 어디에 있는 것일까? 찾아보니 그것 역시 이곳에는 없고 리슐리외 도서관에 있다고 했다. 당장은 아쉬웠지만 나중에 리슐리외 도서관에 가보니 노데의 흉상이 그곳 복도 중앙에 있었다. '노데의 방'은 여기에 있는데, 왜 흉상은 엉뚱한 곳에 있는지 아직도 그 이유를 잘 모르겠다.

마자린 도서관 열람실은 센 강둑이 내려다보이는 현관 안쪽의 넓은 홀과 주 갤러리가 포함된 공간으로, 길이 65미터에 너비와 높이가 각각 8미터가 되는 큰 홀이다. 코린트 양식을 한 기둥은 패시즈 fasces: 막대기 다발 속에 도끼를 끼워 집정관의 권위를 나타낸 표지 그림이 있는 바닥과 별 모양으로 장식된 발코니를 튼튼히 지탱하고 있다.

열람실은 진귀한 예술품과 가구, 그리고 대부분 혁명 때 입수한 대리석이나 청동 혹은 테라코타로 제작된 오래된 흉상들로 가득 차 있다. 작은 갤러리에는 금을 입힌 청동 샹들리에가 두 개 달려 있는데 당시 유명한 조각가 카피에리의 작품으로 알려져 있다.

갤러리 안에 비치된 각 테이블의 표면은 화강석으로 제작되었고, 청동 장식을 한 커다란 두 개의 궤짝은 원래 베르사유 왕실가구 컬렉션에 속해 있었던 것이다. 그 옆에 있는 킹우드와 자단을 사용해 상감으로 세공한 아름다운 스타일의 추시계는 루이 16세의 서재에 세워져 있던 것을 혁명 때 가져온 것이라고 안내자 라투르 씨는 자랑했다.

마자린 도서관은 서지학적 가치를 지닌 초기간행본, 인문지리에 관련된 중요한 장서와 함께 순수문학, 식물학, 유럽여행 보고서 등

마자린 도서관에 프랑스 왕실의 소유물이었던 천구의가 전시되어 있다.

상당수의 희귀본을 소장하고 있다. 최근에는 출판물의 판권등록에
따른 납본법에 의해 프랑스에서 간행되는 출판물을 수집해서 양적
으로 비약적인 성장을 하고 있다.

지금 이 도서관의 장서는 구텐베르크의 『성서』이 책은 1760년 마자린
문고에서 발견되었다고 해서 『마자린 성경』이라고도 부른다를 비롯해서 50만 권
의 고도서와 2,370권의 초기간행본, 4,639건의 필사본, 초상화, 회
화 등이 있으며, 최근에 발행되는 정기간행물, 참고자료, 시디롬 등
은 별도로 관리, 이용되고 있다.

1960년대 후반, 이 도서관은 학자들과 연일 탐방하는 방문객을
위해 6년에 걸쳐 대수리를 했다. 이때 중세 이후 설립된 다른 도서

관의 시설을 참고해 140명 이상의 이용자를 수용할 수 있는 갤러리를 복원해 현대적인 열람실로 재창조해냈다. 내국인, 외국인 할 것 없이 저마다 다양한 목적을 가지고 이 도서관을 찾아오는 이용객과 연구자들은 월요일부터 금요일까지 시설과 자료를 이용할 수 있다.

설립 후 360여 년 동안 설립자 마자랭의 이름과 뜻을 그대로 간직하고 있는 마자린 도서관. 이 도서관은 노데의 의지대로 앞으로도 영원히 우리 곁에 계속 남아 있을 것이다. 노데는 그의 책에 이렇게 썼다.

아름답고 훌륭한 도서관을 지어, 대중들이 널리 그 도서관을 이용하게 하는 것보다 그들의 인정을 받을 수 있는 더 좋은 방법은 없다.

23, quai de Conti, 75006 Paris, France
http://www.bibliotheque-mazarine.fr

6 사람들은 어디서 최고의 지식을 얻는가
독일 국립도서관

독일 국립도서관은 어디에

고등학교 시절, 서울대학교 독문과를 나온 선생님에게 독일어를 배운 적이 있다. 수업 시간에 그 선생님이 독일의 역사와 문화, 그리고 괴테, 실러, 베토벤, 슈베르트 등에 관한 이야기를 어찌나 재미있게 해주셨는지, 그만 독일이라는 나라에 마음을 빼앗기고 말았다. 그 후 오랫동안 나에게 독일은 언젠가 한 번쯤은 꼭 가보고 싶은 나라였는데, 반세기가 지나서야 비로소 독일을 찾아볼 기회를 맞이했다.

물론 이번 독일 여행은 단순한 유람이 아니라 '도서관 기행'을 목표로 한 것이라 그밖의 것에는 가급적 욕심을 버리기로 했다. 그런데 전반적인 독일에 관한 정보는 어느 정도 파악할 수 있었지만, 독일 전체의 도서관 사정과 국립도서관에 대한 유용한 정보를 찾는 것은 쉽지 않았다.

라이프치히 독일 국립도서관 외관.

솔직히 나는 독일로 떠나기 전까지도 이 나라 국립도서관에 대해서는 자세히 알지 못했다. 국내에서 독일의 도서관을 소개하는 책자를 보면, 국립도서관을 'Staatsbibliothek'로 표기하고, 엉뚱한 사진을 덧붙여 자세한 설명까지 하고 있지만, 다른 책을 보면 또 다른 설명을 하고 있다.

독일어로 Staat는 '국립'을 뜻하지만 이는 국가를 대표하는 국립을 지칭하는 것이 아니라 설립 주체가 국립이라는 뜻일 뿐이다. 베를린만 해도 훔볼트대학 옆 운터 덴 린덴 거리에 오래된 국립도서관이 있고, 브란덴부르크 문 가까이 포츠담 거리에도 1978년 새로 개관한 국립도서관이 있다. 이러한 국립도서관은 뮌헨 등 전국 여러 곳에 산재해 있어, 말하자면 명칭만 국립이지, 일종의 지역도서관이라 할 수 있다.

이는 아마도 독일의 정치체제가 지방분권으로 이루어져 있는 것과 관계가 있는 것 같다. 프랑스는 파리를 중심으로 중앙집권 체제를 이루고 있어서 국립도서관은 수도 한 곳에 있지만, 독일의 경우 오래전부터 독자적인 지방자치가 정착되어 각각의 도시들이 독립성을 확보하고 있기 때문이 아닌가 한다.

프랑스는 파리만 보면 프랑스 전체를 다 봤다고 할 수 있다고들 하지만 독일은 한 도시만 보고는 설명이 안 되는 이유이기도 하다. 독일은 도시마다 특색과 문화적 특성이 달라 전국을 다 돌아봐야 비로소 이 나라를 다 봤다고 말할 수 있다.

1884년 정부가 아닌 의회에서 처음 독일 국립도서관^{Die Deutsche} Bibliothek, ddb 설립이 논의되었고, 그 참고도서관을 위한 장서를 출판하는 모임에서 독일제국 국립도서관^{Reichsbibliothek}이 발족했다.

당시 뉘렌베르크에 있던 국립도서관의 장서 4,600여 권은 1938년 라이프치히 도서관 창립 25주년을 맞아 모두 그곳으로 옮겨졌다. 이후 제2차 세계대전 때 라이프치히는 연합군의 집중폭격을 맞아 도서관이 폐쇄되고, 160만 권의 장서는 다른 곳으로 옮겨졌다. 1945년 제2차 세계대전 종전 후 도서관 운영은 재개되었으나 곧 독일이 동서로 분할 통치되면서 라이프치히 도서관은 동독의 국립도서관 역할을 하며 반세기 동안 명맥을 유지해왔다.

서독에서는 1947년 프랑크푸르트에 새로운 도서관을 건립해, 장서 약 1만 4,000권을 갖추고 국립중앙도서관으로 정했다. 이 도서관은 1952년 국가 문헌과 관련된 법적 기구가 되었으며, 1955년부터 납본제를 실시해서 1959년에는 장서를 48만 권까지 대폭 증가시킬 수 있었다.

냉전시대가 저물고 1989년 동독과 서독이 통일되면서 두 도서관도 자연스럽게 하나로 통합되었다. 통합은 하되 국립도서관 본부는 프랑크푸르트에 두고, 라이프치히 도서관도 국립도서관의 자격을 유지하면서 두 개의 국립도서관 체제로 운영하기로 결정했다. 거기에다 1970년 동독정권이 설립한 베를린의 음악기록관을 국립도서관 조직에 포함시키면서, 결국 독일의 국립도서관은 3원 체제로 운영하게 되었다. 이들 세 도서관은 각각 명칭도 창립연도도 다르지만 홈페이지와 시스템은 하나로 통일해서 쓰고 있다.

1999년 현재 독일 국립도서관의 총 장서는 1,640만 권에 이른다. 그중 라이프치히 도서관은 특수 컬렉션을 제외한 920만 권을 소장하고, 프랑크푸르트 도서관은 630만 권을 보유하고 있다. 또 베를린 음악기록관은 87만 건의 녹음 자료와 악보를 소장하고 있다. 세 도서관이 1년에 수집하는 도서는 30만 종이나 되며, 이들 자료를 수장하는 서가 길이만 해도 400킬로미터에 달해 라이프치히에서 프랑크푸르트까지^{서울에서 부산까지}의 거리와 맞먹는다.

책과 출판의 도시, 라이프치히

라이프치히는 베를린에서 서남쪽으로 이체에^{ICE: 고속철도}로 두 시간 거리에 있는 금융과 상업의 도시다. 1650년 세계 최초의 신문 『라이프치히』가 창간되었고, 17세기에는 인쇄업과 출판업이 크게 발달해 한때는 독일 전체 출판물의 절반이 이곳에서 만들어졌을 정도로 세계 최대의 '책의 도시'이자 '출판의 도시'였다.

독일어로 도서관을 표기하는 단어는 Bibliothek다. 그렇지만 라이프치히 국립도서관은 Bücherei로 표기한다. '뷔허라이'는 책방, 문고, 장서를 가리키며 서적조합을 의미하기도 한다. 직역하면, '라이프치히 국립문고'라고 할 수 있지만 그렇게 부르지 않고, 라이프치히 국립도서관으로 통칭한다.

대체로 유럽의 도서관들은 대개 왕이나 재상, 귀족, 수도원 들이 그들의 재산 가치를 높이기 위해 또는 개인적 필요에 의해 설립했다. 반면에 독일의 도서관은, 한 개인이나 기관이 자기의 목적과 필요에 의해 만든 것이 아니라 출판사와 서적상 조합원들이 모여 조합의 공동이익이라는 목적을 위해 설립한 것이다. 그래서 전통적인 도서관과의 차별성을 존중하기 위해 지금도 도서관 명칭을 뷔허라이로 표기하는 것이 아닌가 한다.

1912년 설립된 이 도서관은 통일독일의 국가도서관이자 국립서지정보센터로서 중추역할을 하고 있다. 하지만 현재 국립도서관 본부는 프랑크푸르트에 있어 모든 지휘권과 행정지원은 그곳에서 받는다. 역사만 보아도 라이프치히 도서관이 프랑크푸르트 도서관보다 한참 먼저이고 장서의 양과 질도 월등하지만, 프랑크푸르트에 첫 번째 지위를 양보할 수밖에 없었던 것은, 두 도서관의 경제적 격차와 규모, 그리고 인적 구성의 차이 때문인 것 같다.

어렵게 찾아간 라이프치히 도서관의 첫인상은 기묘했다. 입구부터 옛 동독시절부터 전해졌으리라 짐작되는 경직된 관리들의 태도가 방문자의 눈에는 약간 거슬렸다. 통일된 지 15년이나 지났지만, 아직도 그들에게는 '도서관은 만인의 것'이 아니고 단지 자신들을 위한 고귀한 직장일 뿐이라는 사회주의적 직업관이 그대로 남아 있었다. 입구마다 감시의 눈이 있어 무엇 하나 편안하게 관찰할 수 없었고, 사진촬영은 아예 엄두조차 못 냈다. 전체를 알려면 오직 평면도를 통해서나 그 규모와 실태를 짐작할 수 있을 따름이다.

대열람실 안은 일반적인 도서관과 크게 다르지 않았는데, 세세한

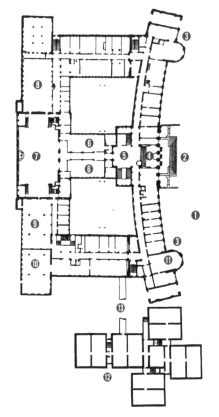

① 독일 광장
② 입구
③ 원형탑
④ 입구 휴게실
⑤ 계단 휴게실
⑥ 대출 창구
⑦ 인문과학실
⑧ 기술과학실
⑨ 기술과학실
⑩ 도서박물관
⑪ 회의실
⑫ 서고 타워
⑬ 서고 연결 다리

라이프치히 국립도서관 실내 배치도.

작업실이나 특수열람실 등은 볼 수 없었다. 단지 도서관 한쪽에 자리잡은 '도서박물관'을 보는 것으로 만족해야 했다. 박물관에는 구텐베르크가 당시 포도주를 짜던 기계로 만든 활자 인쇄기와 초기간행본, 세계 최초로 발행한 신문 『라이프치히』 초판본, 초기간행본, 그리고 서적 운반용으로 사용된 원통형으로 된 도서상자 등 볼거리가 많았다. 이곳을 통해 당시 도서의 제작 과정과 출판 환경을 이해할 수 있어서 만족스러웠다.

어둠침침한 전시실을 빠져나와 밖에서 본 건물은 내부에 비해 매우 웅장하고 아름다웠다. 파사드 주요 부위마다 인물상과 이미지, 글씨 등을 조각해놓아 도서관 내부에서 느꼈던 부정적인 생각이 어느새 사라지고 새삼 친근감을 느꼈다.

입구 옆 조각상 위에는 시구 같은 문자가 양쪽으로 적혀 있다. 우선 사진을 찍어두고 한국에 돌아와서 독일의 페터 씨에게 그 뜻을 물어보았더니, 얼마 후 그가 직접 도서관에 문의해서 얻은 답을 보내왔다. 그것은 실러의 시에서 따온 구절로 "모든 생각은 기록을 통해 살아나며, 생각은 기록된 내용에 따라 천년이 지나도 존재할 것이다"라는 뜻이었다.

흔히 서구의 도서관이나 기념관, 박물관 등을 보면 반드시라 해도 좋을 만큼 그 입구나 파사드와 페디먼트에 기념비적 또는 상징성을 지닌 그림이나 문자를 기록해둔다. 만일 건물에 그만한 공간이 없으면 입구 근처에 별도로 돌이나 청동조각을 만들어둔다.

베를린 운터 덴 린덴의 국립도서관 옆, 훔볼트대학 본관 파사드 상단에는 아인슈타인의 말 "나는 타고난 재능은 없지만 새로운 것에 대한 정열은 있다"가 붉은 글씨로 선명하게 새겨져 있다. 그것을 바라보면서 이런 경구가 우리의 대학에도 새겨졌으면 좋겠다는 바람이 생겼을 뿐만 아니라, 건물의 아름다움을 살피기 전에 이런 명언을 찾아보는 것도 여행에서 얻는 또다른 재미라는 생각이 들

건물 벽면에 실러의 시구가 적혀 있는 라이프치히 국립도서관.

었다.

우리의 국립중앙도서관은 소공동 국립도서관을 거쳐, 남산의 '어린이도서관' 시대를 마감하고, 1988년 서초동에 거대한 건물을 신축 개관하면서 현재 모습을 갖추었다. 당시 퇴임을 며칠 앞두고 있던 대통령은 도서관 준공을 서둘렀다. 그는 앞마당에 기념비라도 세우고 싶었을 테고, 이왕이면 커다란 비석에 친필휘호를 써서 후대까지 남길 명문을 생각했을 것이다.

이런 경우 그 문장은 적어도 국립중앙도서관을 상징하는 내용을 담거나, 이용자들에게 도서관의 이미지가 잘 전달되도록 운치 있고 세련된 언어로 표현해야 할 것이다. 그런데 대통령은 마당 한가

홈볼트대학 정문. 본부 건물 상단부에 붉은 글씨로 새긴 아인슈타인의 어록이 선명하다.

운데에 커다란 바위를 세우고 친필로 '國民讀書敎育의 殿堂'국민독
서교육의 전당이라는 밋밋하고 의미 없는 구절을 남겼다. 그것을 볼 때
마다 그 자리에 도서관에 관한 품위 있는 명구나, 시인의 아름다운
시구가 있으면 얼마나 좋을까 하는 아쉬움이 밀려든다.

　1970년 독일음악·음성자료실Deutsche Musik-Phonothek에서 시작된
베를린 음악기록관은 일반에게는 거의 알려지지 않아 찾아가는 길
이 매우 어려웠다. 시내 포츠담 역에서 지하철을 두 번 갈아타고 조
그마한 역에 내려 역무원에게 이곳의 위치를 물었지만 잘 모르고
있었고, 역 주변에도 제대로 길을 아는 사람이 없었다.

베를린 교외에 있는 음악기록관. 독일의 3대 국립도서관 중 하나다.

　외진 곳이기는 하지만 독일의 국립도서관 중 하나인데, 지도를
보며 30분을 걷는 동안 만난 그 누구도 이곳을 알지 못해서 다소 의
아했다. 왜 이렇게 외진 곳에 국립도서관을 만들었을까. 내용이 책
이 아니고 음악 자료이기 때문일까. 아니면 이용자들의 접근을 멀
리할 수밖에 없는 또 다른 이유가 있는 것일까.

　어렵게 찾아간 베를린 음악기록관은 가는 날이 마침 일요일이어
서 한국과는 달리 독일의 도서관은 일요일에 휴관하고, 박물관은 월요일에 휴관한다 문
이 모두 잠겨 있었고, 물어볼 사람조차 없어 아쉽지만 밖에서 사진
만 찍고 발걸음을 돌릴 수밖에 없었다.

　원래 기록관 자료와 도서관 자료는 한 울타리 속에서 보존되고

관리되어왔다. 그럼에도 많은 도서관에서는 기록물을 애써 외면하고, 도서 자료만 집중적으로 취급한다. 반갑게도 최근에 캐나다 국립도서관이 기록관을 통합해서 '캐나다 국립도서관 및 기록관' The Library and Archives of Canada, LAC으로 개칭한 것을 보면, 독일이 음악기록관을 국립도서관에 포함시킨 것도 같은 맥락으로 이해할 수 있다.

책 박람회의 도시, 프랑크푸르트

마지막으로 프랑크푸르트 암마인 국립도서관을 방문했다. 암마인am Main은 마인 강변을 의미한다. 폴란드 국경 부근 오데르 강변에 또 다른 프랑크푸르트가 있어 이와 구별하기 위해 정식으로는 '마인 강변에 있는', 즉 프랑크푸르트암마인이라고 부른다.

프랑크푸르트는 괴테가 태어나고 자란 고향이다. 영국에 셰익스피어가 있다면, 독일에는 괴테가 있다고 독일 사람들은 주저하지 않고 말한다. 18세기 한갓 지역어에 불과했던 독일어가 세계적인 언어가 된 데에는 괴테라는 걸출한 인물이 있기에 가능했다. 그의 빛나는 문학작품들은 분열된 국가를 문화적으로 통합해서 당시만 해도 이류 국가였던 독일을 세계 속에 우뚝 세웠다.

현재 프랑크푸르트는 세계의 은행들이 모여 있는 경제, 금융, 교통의 중심지다. 또한 이곳은 중세 이래로 '박람회의 도시'로 발전해 해마다 15회 정도의 국제박람회가 열린다. 그중 가장 유명한 '프랑크푸르트 국제도서전'은 매년 10월에 열리고 있다.

프랑크푸르트 국립도서관 정문 안에서 본 붉은 벽돌의 구조물.
이용자들은 이곳 안쪽에 뚫린 공간을 통해 출입한다.

독일에서 활자가 발명된 후 부흐메세[Büchmesse: 책 시장]라는 이름으로 인쇄업자와 작가 들이 모여 그들이 만든 책을 소개하거나 판매하는 전시회는 해마다 개최하는 유서 깊은 국가적 행사이다. 이를 계승하여 오늘날까지 계속되고 있으며, 여기에서 도서저작권의 25퍼센트가 거래된다니 그야말로 세계 최대의 도서시장이라 할 수 있다.

한국은 1961년부터 참가하기 시작해 1998년 50회부터는 국가관을 설치하고, 2005년 10월에는 도서전의 주빈국으로 선정되었다. 여기에 선정되면 책뿐만 아니라 문화, 사회, 경제 전반을 비롯해 연극, 영화, 음악, 학술활동까지 폭넓게 보여주는 종합문화행사를

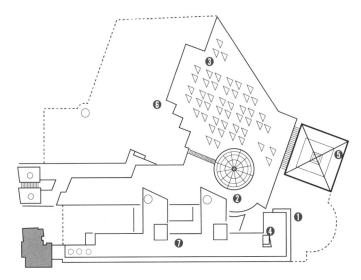

① 앞마당
② 입구 유리원형 휴게실
③ 열람실
　-지하: 멀티미디어 및
　독일 인문서
　-1층: 열람실
　-2층: 잡지실
④ 전시 센터
⑤ 회의실 및 식당
⑥ 도서관 정원
⑦ 사무 공간

* 열람실의 삼각형들은
하늘창을 표시한 것이다.

프랑크푸르트 국립도서관의 배치도.

통해 한 나라의 진면목을 제대로 알릴 수 있는 기회를 얻게 된다. 이와 같은 문화적 인프라가 충족되는 프랑크푸르트에 국립도서관이 존재한다는 것은 어쩌면 당연하다고 볼 수 있다.

　프랑크푸르트 국립도서관은 중앙역에서 자동차로 10분 거리의 도시 중심지에 있지만 고층 건물이 없고 숲으로 둘러싸여 주위가 매우 조용하다. 1947년 설립 당시만 해도 주위가 텅 비어 있던 부지에 많은 경비를 들여 지하 4층, 지상 4층의 건물을 지었다. 도서관은 너무 높으면 이용에도 문제가 있지만 주위 건물과 대치될 수 있기 때문이다. 그 결과 지금도 도서관 주위에는 높은 건물이 보이

프랑크푸르트 국립도서관 입구 로비. 한 손으로 머리를 짓누르고 있는 여인상이 독특하다.

국립도서관은 지하 3층에서 지상 4층까지 모두 트여 있다.

지 않으며, 정원도 매우 넓고, 앞으로 확장을 하더라도 문제 없을 정도로 많은 여유 공간을 확보해놓았다. 전체 크기는 총 4만 7,000평방미터로, 라이프치히 도서관1만 6,850평방미터의 약 3배나 되며, 건축양식도 현대적이어서 매우 독특하다.

정문 앞에는 5미터 높이의 벽돌로 된 성벽 같은 담장이 입구를 가로막고 있다. 장벽의 중앙에 직사각형으로 모두 11개의 큰 구멍을 뚫어놓아 사람들은 그곳을 통해 오갈 수 있다.

왜 이러한 구조물이 필요할까. 조선 왕조의 상징인 종묘의 열주처럼, 권위주의 시대에 만든 한국의 국회도서관처럼 많은 열주가 도열하고 있는 모습은 이용자와 그렇지 않은 사람을 갈라놓아 아무래도 열린 도서관의 이미지와는 거리가 있어 보인다.

이 붉은 담장구멍을 통과해 입구에 들어서면, 큰 원형 로비에는 유리 돔으로부터 햇빛이 쏟아지고 그 아래 진한 보라색의 여인상이 공간을 압도하고 있다. 개인적인 감상이긴 하지만, 이 조각은 모습도 표정도 그다지 아름다워 보이진 않는다. 왜 이런 조각상이 도서관 중앙에 서 있는 것일까. 눈에 띄는 저 독특한 보라색은 무슨 뜻이며, 머리는 왜 누르고 있을까. 곁에 있던 동행이 궁금해하며 "이 도서관에 와서 지식을 머리에 집어넣어라"는 뜻이냐고 물었더니, 안내자는 웃으면서 보는 사람 각자가 마음대로 생각하면 된다고 대답했다.

이 도서관은 벽돌과 철근, 그리고 단풍나무를 사용해 지었는데, 이 나무는 햇빛의 각도에 따라 색깔이 달라진다. 천장을 군데군데

도서관 복도 옆에 전시된 조각품들.

삼각형으로 뚫고 반투명 유리로 덮어놓아 인공조명을 대신하고 있다. 자연광선을 최대로 이용한 실내가 매우 밝아서 좋았지만, 도서관에 햇빛이 너무 많이 들어오면 책이 상할 것 같다는 걱정이 되기도 했다.

도서관 건물의 지하 4층은 차고로 사용하고, 지하 3층부터 지상 4층은 서고와 열람공간으로 쓰고 있는데, 25개의 북 리프트와 시속 6킬로미터로 움직이는 도서 운반기는 신속한 자료이용에 많은 도움을 준다. 건물 뒤쪽에는 넓은 지하정원이 있어서 어디서나 밝고 시원한 공간을 볼 수 있다.

이곳은 라이프치히 국립도서관과는 달리 제한적이나마 사진촬영

도서관의 인포메이션 센터에서 파는 엽서. 프랑크푸르트 국립도서관 열람실과 서가.

라이프치히 국립도서관 중앙열람실.

사람들은 어디서 최고의 지식을 얻는가?

이 가능하다. 방문자들은 창을 통해서 열람자의 시선을 피해 사진을 찍을 수 있고, 실내 조형물도 마음대로 촬영할 수 있다. 입구 앞 인포메이션 센터에서는 도서관을 담은 엽서 등을 팔고 있는데, 몇 장의 엽서에는 짧은 시 또는 명구를 함께 써놓아 사진을 이해하는 데 많은 도움이 된다. 그중 도서관 내부 사진이 실린 엽서 한 장에 이런 글이 적혀 있다.

  사람들은 어디서 최고의 지식을 얻는가?

  사람들이 최고의 지식을 얻는 곳은 바로 이곳 국립도서관임을 암시하는 짧은 글로, 그들이 도서관에 대해 가지고 있는 자신감과 긍지를 읽을 수 있었다.

Adickesallee 1, 60322 Frankfurt am Main, Deutschland
http://www.ddb.de

7 도서관 없는 수도원은 무기고 없는 요새
아드몬트 성 베네딕도 수도원도서관

알프스 첩첩산중의 수도원

오스트리아 아드몬트에 있는 성 베데딕도 수도원은 한국의 이름
난 고찰처럼 인가와 멀리 떨어져 있다. 잘츠부르크에서 동남쪽으로
170킬로미터 거리에 위치한 이곳을 찾아가는 길은 멀고도 험했다.

개통된 지 얼마 되지 않은, 빈에서 루마니아로 통하는 고속도로
에 들어서면 알프스의 길고 짧은 터널이 이어진다. 아드몬트로 가
려면 짧게는 수백 미터에서 5.5킬로미터에 이르는 긴 터널을 연달
아 스무 개나 통과해야 한다. 깊은 산으로 들어갈수록 바깥 기온은
내려가고, 6월 중순인데도 주위에 보이는 산봉우리들은 아직도 흰
눈을 털어내지 못하고 있었다.

한니발 장군과 나폴레옹이 넘었다는 알프스의 험준한 첩첩산중
은 우리의 산과 비교하면 그 생성 과정 자체가 다른 것 같다. 이런
산중에 사람이 살고 있다니, 도로가 없을 때 사람들은 어떻게 생활

알프스 산록에 숨어 있는 아드몬트 성 베네딕도 수도원.

했을까. 생필품은 어떻게 해결하고 집들은 어떻게 지었을까. 그보다 이런 환경 속에서 그토록 웅장하고 훌륭한 수도원을 어떻게 만들 수 있었을까.

오후 늦게 도착한 아드몬트는 믿기지 않을 만큼 조용했다. 주민 500여 명이 살고 있다는 동네 한가운데 검은색 지붕에, 두 개의 뾰족한 첨탑이 있는 커다란 수도원 건물이 덩그렇게 버티고 있었다. 마을을 둘러보니, 합천에 해인사가 있기에 이를 터전으로 그 동네 사람들이 먹고살 수 있듯이, 이곳에는 아드몬트 수도원이 있기에 온 동네가 유지되고 또 그 주변이 오스트리아의 국립공원으로 지정될 수 있었던 것 같다.

이 작은 동네에도 한때는 주민 1만여 명이 살았으나 제2차 세계대전 때 이곳에서 독일군과 연합군이 밀고 당기는 격전을 벌이는 바람에 참혹한 전쟁의 피해를 입고 많은 주민들이 집과 땅을 버리고 유랑의 길을 떠났다.

사방이 높은 산으로 둘러싸여 있어 무더운 여름이나 스키 시즌이 되면 방문객들이 몰려들겠지만, 내가 방문한 시기는 휴가철이 아니어서인지 동네가 텅텅 비어 있었다.

이곳에 산 지 60년째라는 80대 노부부가 운영하는 민박집에 도착해 주인 할머니에게 영어로 간단한 질문을 하자, 투박한 독일 남부 억양으로 동문서답을 하며 식당으로 들어가더니 빵 몇 개를 들고 나와 내게 맛보기를 권했다. 먼 길에 지쳐 배고파 보이는 동양의 이방인에게 인정 어린 대접으로 성의를 한껏 표시하는 것을 보니 소박하고 후덕한 농촌의 인심은 동양이나 서양이 다르지 않은 것 같았다. 오랜만의 손님이라고 밤에 추울까봐 미리 난방을 해둔 것을 보고 마음이 푸근해지기도 했다.

독서가 삶인 자들에게 책이란 무엇인가

중세의 건축물 가운데 수도원은 가장 위대한 건축물에 속한다. 대표적인 것으로는 베네딕도 수도원을 비롯해서 카르투지오 수도원, 클뤼니 수도원, 시토 수도원, 아우구스티누스 수도원 등이 있다. 이들 수도원 안에는 기도원, 성당, 식당, 숙소, 병원, 도서관, 그리고 손님용 숙소 등이 있어 하나의 조그마한 도시라 해도 과언이 아니다. 수도원은 신앙의 중심지이자 순례자들의 방문지이므로 항상 사람들로 가득했고, 대학이 생기기 전까지는 학문의 모태 역할을 해왔다.

수도원을 가리키는 단어 Monastery는 그리스어로 '고독한 삶'을 뜻하는 Monasterion을 어원으로 하고 있다. 수도사들은 청빈과 금욕을 삶의 원칙으로 삼아 염색하지 않은 흰색이나 검은색 옷을 걸치고, 오직 기도와 독서를 통해 신에게 한 걸음이라도 더 가까이 다가서려 했다. 대부분의 수도원 건물도 매우 소박해서 스테인드글라스나 현란한 조각 등 장식품은 자제했지만, 그 형태만큼은 장엄하고 아름다웠다.

아드몬트 수도원은 대성당과 도서관, 그리고 박물관으로 나뉘어 있다. 이곳을 찾는 방문객들은 대부분 이 세 곳 중 도서관을 보러 오

옛 건물과 현대식 현관이 조화를 이루고 있다.

는 경우가 많다. 입장권[1인당 8유로, 한화 약 1만 2,000원을] 내면 영수증과 함께 독일어와 영어로 도서관의 간략한 역사와 특징을 적은 노란색 리플릿을 나누어준다. 리플릿에 따르면, 구르크의 성 헴마가 제공한 기부금으로 잘츠부르크의 게브하르트 대주교가 설립, 1074년에 봉헌한 것이 이 수도원의 기초가 된다.

성 베네딕도 수도회는 가톨릭 수도회의 하나로 세계에서 가장 오래되었다. 베네딕도는 기원후 480년 로마에서 태어나 수도사의 길을 걷다가 부와 신에 대한 갈등으로 새로운 종파를 만들어 복종, 청빈, 정절의 원칙을 지키며 수행과 노동을 제일 큰 덕목으로 삼고 포교활동을 했다. 이어 몬테카시노에 수도원을 세우고 엄정한 계율을

아드몬트 성 베네딕도 수도원도서관의 중앙 홀.

제정, 유럽 수도회의 기반을 닦아나갔다.

　그는 수도원의 핵심은 도서관이라 생각하고 필사본 생산을 독려했다. 당시 수도원은 수도사 개인이 책을 소유하는 것을 허용하지 않았기 때문에 독서욕을 충족시키려면 도서관을 이용하는 수밖에 없었다. 이러한 의미에서 진정한 유럽 최초의 도서관은 수도원에서 출발했다고 할 수 있다.

　수도원은 최초의 도서관일 뿐만 아니라 학문의 메카로서, 4세기말 고대 로마의 몰락 이후 12세기에 대학이 출현할 때까지 유럽문화의 중심이었으며 중세 서적문화의 거점이기도 했다.

　사실 이 도서관도 처음에는 불과 12권의 장서로 출발했듯이 수도원이라 해서 모두 여기처럼 도서관이 크고 책이 많은 것은 아니다. 가진 책이라고 해야 수십 권에 지나지 않고 수백 권을 가지고 있다면 제법 큰 도서관에 속했다. 이러한 책들은 보통 외진 곳에 보관했기 때문에 지금까지 전해질 수 있었다. 또한 수도원에는 선창자라고 하는 사서가 있었는데, 이들은 찬송가를 지도하는 한편 도서관을 감독하고 책을 엄격히 관리했기 때문에 도서를 보존하는 데 도움이 되었다.

중세 초기 성 베네딕도 수도회의 각 지회 구성원들은 사순절의 첫 주일부터 다음 월요일까지 한자리에 모여 한 해 동안 빌려간 책을 반납하고 또 필요한 책을 받으며, 자신에게 맡겨진 책을 다 읽지 않은 사람은 양심에 따라 그 자리에 엎드려 잘못을 고백하고 용서를 빌어야 했다. 이런 일을 모두 관장한 사람이 바로 사서였다.

성 베네딕도 수도회는 "게으름은 영혼의 적"이라고 가르친다. 그래서 수도사들은 일정한 시간에 노동을 하거나 독서를 해야 하고, 깨달음을 위해 틈나는 대로『성서』를 읽고 사본을 만들며 논평을 기록해야 한다. 특히 그들에게 독서는 생활의 전부여서 사순절부터 10월까지 거의 반년 이상 매일 4시부터 6시까지 각자 자유롭게 장소를 정해 독서에 전념한다. 또 10월부터 다음 사순절까지는 2시까지 독서를 해야 하고 사순절이 시작되면 수도사들은 도서관으로부터 한 권의 책을 배당받아 사순절이 끝날 때까지 성직임무를 맡은 사람 이외에는 일요일까지 독서를 해야 한다. 독서는 그들의 일과

였고, 도서관은 삶의 터전이었으며 생활의 선부였다.

그래서 그들은 "도서관이 없는 수도원은 무기고 없는 요새와 같다"고 말한다. 덧붙여 "책이 없는 수도원은 재산 없는 도시이고, 등대 없는 항구이며, 군대 없는 성채다. 또한 그릇 없는 부엌이고, 먹을 것 없는 밥상, 풀 없는 뜰, 꽃 없는 목장, 잎 없는 나무 같은 것"이라고 서슴없이 말한다.

이처럼 수도사들에게 책은 필수품이며, 독서는 기도와 마찬가지로 삶 그 자체였다. 성직자를 뜻하는 단어 Minister는 '추첨, 선택'을 의미하는 그리스어에서 유래했다. 성직자들은 예부터 세속의 사람들 사이에서 선택받았다고 생각하는 엘리트 의식을 갖고 있었으며, 이는 자기 자신이 문자를 해독할 줄 안다는 지점에서 출발한다. 당시 문자를 읽을 줄 아는 사람은 인구의 10퍼센트에도 미치지 못했기에, 성직자들은 오직 자신들만이 책을 통해 신의 계시를 매개하는 소명을 지니고 있다고 생각했다.

인간의 고뇌와 환희를 담은 황홀경

성 베네딕도 수도원은 1074년에 설립되어 앞으로 63년이 지나면 창립 1,000년을 맞이한다. 창립 당시 수도원에는 잘츠부르크에서 가져온 약간의 책이 있었을 뿐이며, 이때부터 필사실을 만들어 저작물을 필사하고 채색하여 지금 세계에서 가장 오래된 필사본을 소장하고 있다. 이렇게 생산된 필사본을 통해 지식을 쌓은 수도원장들은 『성경』에 새로운 주해와 주석을 달아 도서관의 명성을 오스

1,000년의 역사를 자랑하는 수도원. 이 건물은 1776년 네오고딕 스타일로 완성되었다.

트리아 곳곳에 퍼트렸다.

1776년 건축가 요셉 휴베르가 네오고딕 스타일로 설계하여 마침내 세계에서 가장 큰 수도원도서관을 완성했다. 바로크 시대의 마지막 화가라는 바르톨로메 알토몬테는 프레스코 화법으로 천장화를 그려, 이곳을 찾는 사람으로 하여금 '진실로 장엄한 홀'이라는 칭송을 받고 있다.

가는 날이 장날이라고 우리가 도서관을 방문한 날은 200년 만에 실시한다는 대수리를 하는 중이라 실내를 공개하지 않고 있었다. 가기로 예정한 모든 도서관에는 미리 메일로 방문신청을 하고 허가를 받아두었는데, 이곳만은 신청 후 답장을 받지 못한 채 한국을 떠나왔더니 현지에 도착해 이런 난감한 일이 생긴 것이다.

이때 여행을 함께 하며 운전기사이자, 통역자, 그리고 보호자 역할을 하는 페터 씨가 한 달 전에 한국에서 보낸 메일 사본을 보여주면서 정중히 부탁을 하자, 한참이 지나 책임자인 듯한 사람이 나오더니 우리에게 특별히 관람을 허락했다. 이렇게 간신히 들어간 큰 홀은 내부 전체가 아니라 일곱 칸 중 두 칸을 수리하는 중이었으며, 수리하는 천장과 벽은 흰 천과 빔으로 가려서 잘 보이지 않았다. 처음 분위기와는 달리 다행히 도서관 관계자는 매우 친절했으며, 우리를 위해 불 꺼진 실내에 전등을 새로 켜고 두 시간가량의 긴 투어를 제공했다.

현재 '세계에서 여덟 번째로 경이로운 도서관'으로 평가받고 있는 웅장한 건물 안으로 들어가면, 먼저 흰색으로 도장한 서가를 가득 채운 흰색 표지로 장정한 도서 때문에 눈이 부시다. 가운데 칸에 있는 의미심장한 4개의 조형물을 위시해서 1, 2층에 흩어져 저마다 다른 의미를 전달하고 있는 12개의 조각상과 화려한 천장화, 그리고 60개의 창문으로 넘쳐 들어오는 빛은 도저히 한눈에 담을 수 없을 정도로 아름다웠다.

7,500개의 자연산 대리석으로 만들어진 바닥도 베이지색, 갈색, 연한 자주색으로 다이아몬드 형태를 조합해 입체감이 뛰어났다. 이러한 것들이 천장과 벽면에서 서로 아우르면서 조화롭게 배치되어 마치 속세를 초월한 하나의 이상세계를 구현하고 있는 듯했다.

도서관 홀은 길이 70미터, 폭 14미터, 높이 11.3미터^{중간 돔은 12.7}미터에 달하며 이 홀은 세계의 수도원에 있는 홀 중 가장 길다고 한다. 겉으로 보면 내부가 하나로 트여 있는 것 같지만 세 가지 테마를 가진 3개의 홀로 나누어져 있고, 이 3개의 홀은 다시 천장을 기준으로 보면 7개의 방으로 분리된다. 즉 첫 번째 홀에는 3개의 천장이 있고, 두 번째 홀에는 그보다 높은 돔형의 천장 1개가 있으며, 세 번째 홀에는 3개의 천장이 있어 결국 모두 7개의 방이 생기는 것이다.

7개의 방은 도서를 분류해놓은 듯 각각 명칭이 다르며, 예술 및 기술, 자연과학, 신학, 신앙, 심판, 역사, 철학 등 주제별로 나뉘어 있다.

세 홀에는 저마다 특별한 의미를 가진 12개의 독특한 조각상이 있다. 첫 번째 홀에는 십계명을 든 모세, 광야에서 빗장을 든 예언자 엘리야, 천국의 열쇠를 쥐고 있는 성 페터, 칼을 들고 있는 사도 바

정교하고 호화롭게 다듬어진 세 번째 홀과 천장화.

울 등 네 개의 조각상이 각 모서리에 놓여 있다.

두 번째 홀 2층에는 각각 지혜, 진리, 과학, 신중을 상징하는 4개의 조상이 있다. 즉 나팔수의 모습과 성스러운 삼위일체를 나타낸 '지혜', 둥글게 똬리를 틀고 있는 뱀 곁에 베일을 걷어 올린 '진리', 수학기구와 뿔자, 구체를 들고 있는 '과학', 거울과 뱀을 함께 든 '신중'이다.

세 번째 홀의 문 위에는 신의 지혜를 상징하는 부조 작품과 함께, 교회에서 설교하고 있는 예수의 모습이 새겨져 있다. 이곳에는 다른 홀과는 달리 속세의 과학서들만 꽂혀 있는 것이 특징이고, 우리에게 복음서를 전한 네 성인이 각 모퉁이를 지키고 있다. 사자와 함

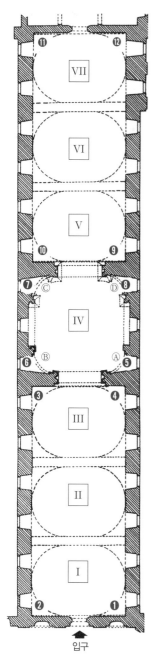

이 세 홀에서 가장 핵심이 되는 공간은 두 번
째 홀이다. 2층의 네 조각상처럼 1층에도 네
귀퉁이에 각각 황금색 조각상이 있다. 그것은
유럽에서 가장 호화로운 시기인 1770년대에
요셉 스타멜이 청동과 나무로 조각한 것이다.
인간의 마지막 운명을 죽음, 심판, 지옥, 그리
고 천국이라는 4단계로 표현하는 이 4개의 조
각상은 인간의 고뇌와 환희를 극적으로 연출
하고 있다.

'죽음'의 상❺은 순례자 위쪽에 붙어 있는 날
개 달린 해골 형상으로 다가오는 죽음을 묘사
한다. 피부가 등 뒤에서 깃발처럼 나부끼는 모
습의 죽음은 오른손에 죽음의 시간을 의미하
는 모래시계를 들고 있다. 왼손에 들고 있는 화

아드몬트 수도원도서관 홀의 평면도.
I 예술 및 기술 II 자연과학 III 신학 IV 신앙 V 심판
VI 역사 VII 철학
1층: ❶ 모세 ❷ 엘리야 ❸ 페터 ❹ 바울 ❺ 죽음 ❻ 심판
　　❼ 지옥 ❽ 천국 ❾ 마가 ❿ 마태오 ⓫ 루가 ⓬ 요한
2층: Ⓐ 지혜 Ⓑ 진리 Ⓒ 과학 Ⓓ 신중

가운데 홀 1층 모서리에 있는 ❺죽음 ❻심판 ❼지옥 ❽천국의 조각상.

살은 죽음의 서두름을 표현하고 있다. 순례자는 죽음이 다가오는 광경을 보고 두려움에 떨며 도망치려 하지만 지팡이를 잃어버린다. 덧없이 생명이 꺼져가는 듯 보이는 천사는 순례자의 발밑에 엎드려 있다. 다른 쪽에 있는 푸토putto: 어린아이 상는 불이 꺼진 부러진 초를 들고 있고, 만지면 부스러지는 소돔의 포도가 땅에서 싹트고 있다. 이 모든 것들은 세속적인 기쁨의 덧없음과 인간 생명의 짧음을 상징하고 있다.

'심판'❻은 최후의 심판을 말하는 것으로서, 이제 막 무덤에서 나온 아름다운 젊은이가 마지막 심판을 기다리고 있다. 수의를 걸치고 있는 젊은이의 얼굴, 몸짓, 태도에는 다가오는 심판에 대한 공포가 어려 있다. 천사는 무지개 위에 서 있는 자비로운 재판관 예수를 가리키고 있다. 왼쪽에는 등에 출납부를 짊어진 악마가 최후의 심판을 반대하고 있으며, 전통에 따라 예술가는 악마를 수도원의 혐오스러운 회계원의 모습으로 묘사했다.

'지옥'❼은 네 개의 조각 중 가장 의미심장한 내용을 담고 있다. 7개의 죄악을 묘사하고 있는 이 조각의 중심 형상은 분노와 고통, 그리고 두려움으로 가득하다. '악의 고리'를 들고 있는 오른손 아래로 허영과 오만, 그리고 방종이 보인다. 형상의 반은 돼지, 반은 인간으로 부도덕을 상징하는 그의 등에는 분노가 타오르고 있다. '심판'과 '지옥' 작품은 1937년 프랑스 세계박람회에 전시된 적이 있다고 한다.

'천국'❽은 가슴에 별이 장식된 멋진 옷을 입은 인간이 구름 위로 떠올라 있는 형상이다. 머리는 작은 왕관으로 장식되어 있으며, 얼굴은 위를 향하고 손은 심장을 쥐고 하늘을 향하고 있다. 그리고 그옆에 있는 세 천사는 기독교 신앙을 표상하는 기도, 금식, 보시를 나타낸다.

4개의 조각을 모두 본 후 세 번째 홀에 들어오면, 북쪽 벽면에 솔로몬의 심판을 묘사한 동판화가 눈에 띈다. 이 그림은 솔로몬의 지혜를 본받으라는 하느님의 계시를 담고 있으며, 이 도서관의 명품 중 하나다.

그밖에 각 대륙에서 온 유명한 예술가와 학자, 그리고 무녀 들을 본떠 도금을 한 68개의 흉상, 서가로 위장한 '비밀의 문' 등이 인상적이다. 비밀의 문은 실제로 책이 꽂혀 있는 서가인데, 앞으로 당기면 뒤에 있는 통로와 연결되어 유사시에 탈출구로 쓰였다. 마자린 도서관에서도 이곳과 똑같은 위장서가를 본 적이 있다. 위장서가의 뒤에는 4개의 나선형 계단이 회랑으로 연결되어 있으며, 회랑의 섬세한 난간은 수도원의 평수사가 만들었다고 전해진다.

입구 위쪽으로는 수도원장 매튜 오프너의 흉상이 보인다. 뒤쪽문 옆에 있는 대형시계는 1년에 한 번씩 태엽을 감는데, 매우 정교해서 만든 지 200년이 넘었는데도^{1801년부터 이 자리에 있었다고 한다} 정확하게 현재 시각을 가리키고 있다.

신이 미처 표현하지 못한 영혼을 담은 걸작품

아드몬트 도서관은 건축양식뿐만 아니라 조각술, 화법, 구성, 장

이 도서관에 있는 또 하나의 명품 동판화. '솔로몬의 재판'을 묘사하고 있다.

서, 그리고 예술품 등 모든 요소가 처음부터 끝까지 서로 연결되어 지극한 조화를 이루고 있으며, 조물주가 표현하지 못한 영혼을 담은 걸작 중 하나라고 감히 말할 수 있다.

도서관을 돌아보면 그곳에 있는 하나하나가 지켜야 할 인류의 유산들이다. 그중에서도 가장 인상적인 풍경은 온통 흰색 배경으로 감싼 모습이었다. 사방으로 흰색 서가에 가득 찬 하얀 책들이, 중간중간 놓여 있는 황금색 조각상들과 참 잘 어울렸다. 왜 하필 흰색일까 궁금해서 안내자에게 물어보니, 흰 표지로 만든 책은 모두 수도사들이 직접 필사한 것들이라고 한다. 그렇다면 이 도서관의 거의

수도사들이 필사해서 만든 책. 흰색 가죽 또는 면포로 소박하게 제본되어 있다.

모든 책들은 수도사들의 땀이 어린 필사본이라는 이야기다.

수도사들에 의해 제작, 수집, 관리된 자료는 900여 권의 초기간행본을 포함해 22만 권의 장서와 8세기경에 만들어진 1,400점의 필사본, 그리고 530점의 초기 그림 등이 있으며 바로 이러한 것들이 이 도서관의 출발점이 되었다.

이 도서관도 오랜 세월을 견디며 수많은 시련을 겪어왔다. 1938년에는 나치가 오스트리아를 병합하면서 이 수도원을 팔아버려 수도사들은 추방당하고, 자료를 정치범 수용소로 분산시켜 도서관이 폐허가 되어버린 적도 있고, 앞서 말한 것처럼 제2차 세계대전 때는 전쟁의 소용돌이 속에 휩싸이기도 했다.

이제 이곳은 과거의 아픈 상처를 털고 본래의 모습으로 돌아가고 있다. 현재 30여 명의 수도사가 수도에 정진하고 있고, 그 옆에 학교를 세워 수도사를 양성하고 있으며, 잃어버린 상당수의 자료들도 회수해 지난날의 영화를 다시 꿈꾸고 있다.

천장과 벽의 보수는 빈에서 오스트리아 문화재 담당자가 직접 와서 진행하고 있으며, 1776년 당시의 천장화를 그대로 재현하기 위해 심혈을 기울이고 있다. 책의 보수도 오스트리아 국립도서관의 전문가가 직접 참여해 작업하고 있다. 건물 수리에 소요되는 비용과 책 보수에 들어갈 예산만 해도 6억 유로^{한화로 약 9,400억 원}라고 한다.

이처럼 아드몬트 수도원도서관은 귀중한 인류자산과 함께 1,000년의 장구한 역사에 힘입어 그 진정한 가치와 화려함을 서서히 복원하고 있다. 이를 뒷받침하는 것은 역시 오스트리아 정부의 적극적인 노력과 이곳을 아끼는 시민들의 사랑이다.

A-8911 Admont 1, Austria
http://www.stiftadmont.at

8 센 강변에 세운 지식의 탑
프랑스 국립도서관

프랑스 사람들의 긍지

지금으로부터 125년 전, 조선 말기 정치가이자 개화운동가인 유길준은 미국과 유럽의 여러 나라를 순방하고 돌아와 우리나라 최초로 국한문 혼용체 저술인 『서유견문』[1895, 고종 32]을 펴냈다. 이 책은 갑오경장의 사상적 배경역할을 했으며, 당시 발행되고 있는 국내신문과 잡지 들은 이 책의 영향을 받아 국한문체를 쓰기 시작했다.

책은 모두 20편으로 구성되어 있으며, 그중 '서적고'[書籍庫] 편은 오늘날의 도서관을 이야기하는데 그 내용에 파리 국립도서관이 등장한다.

도서관은 정부가 직접 설치한 것도 있고, 정부와 인민이 협력하여 만든 것도 있다. 소장하는 도서는 경서(經書), 사기(史記), 각 학문의 서적과 고금의 명화 및 소설, 각국의 신문 등 갖추지 않은 것이 없다. 외

펼친 책 모형을 한 4동의 미테랑 국립도서관. 그 앞에는 아름다운 센 강이 흐르고 있다.

국의 책은 구입하고, 국내의 책은 출판한 자가 각 한 질을 도서관에 보내게 되어 세월이 감에 따라 서적이 늘어가게 된다. (중략) 서구에서는 큰 도시마다 도서관이 없는 곳이 없고, 누구든지 도서를 열람할 수 있으며, 다른 곳으로는 가져가지 못한다. 혹 독서하는 학생이 책이 없어 공부를 할 수 없을 때는 세를 내어 임대할 수 있으나, 만일 훼손할 시는 그 값을 치러야 한다. 각국의 유명한 도서관으로는, 영국 런던에 있는 것과 러시아의 상트페테르부르크, 그리고 프랑스 수도 파리에 있는 것들인데, 파리 국립도서관은 수장 도서 수가 200만 권에 달해서 프랑스 사람들은 항상 긍지를 가지고 있다.

(『兪吉濬全書』 제1권, 제17편의 국한문체 원문을 읽기 쉽도록 현대어로 고쳤다)

글의 내용을 자세히 살펴보면, 당시 서구의 도서관은 그 성격이 국가도서관과 개인도서관으로 분화되어 있고, 단행본과 연속간행물을 분리해 운영했으며, 납본제도와 함께 관내열람뿐만 아니라 관외대출까지 허용되었다. 비도서자료 개념이 없는 그 당시에도 고급의 명화까지 비치해서 오늘날의 참고봉사 업무까지 수행했음을 엿볼 수 있다.

그보다 우리나라에는 아직 전깃불도 없던 시절 프랑스 국립도서관의 장서 수가 불과 몇 해 전 우리나라 국립중앙도서관의 장서 수와 비교될 정도였다는 점이 놀라워 불현듯 한 세기 전 유길준 선생이 찾아간 그곳을 꼭 한번 가보고 싶었다.

프랑스 국립도서관은 1995년 3월에 개관한 파리 외곽 13구에 있는 미테랑 도서관을 비롯해, 1994년 1월 3일 법령에 의해 통합된 2구에 위치한 리슐리외 도서관과 4구에 있는 아스날 도서관, 그리고 9구에 있는 오페라 도서관·박물관 등을 모두 합친 것을 말한다.

프랑스 국립도서관은 단행본 1,300만 권, 기록물 및 필사본 17만 종, 잡지 35만 종, 인쇄 및 사진 자료 1,500만 종, 지도 및 도면 자료 80만 종, 악보 200만 권, 음반 100만 건, 그리고 수십만 종의 비디오 및 멀티미디어 자료와 함께 동전과 메달 58만 종을 보유하고 있다.

이 엄청난 현황을 보면서 도서관 네 곳을 모두 살펴보고 싶었지만, 사정상 유길준 선생이 방문했다는 리슐리외 도서관과 프랑수아 미테랑 대통령의 회심의 역작 '그랑 프로제'Grand projet를 통해 완성된 미테랑 도서관, 이 두 곳만 가보기로 했다.

또 하나의 터쩨삐, 미테랑 도서관

현재 프랑스에는 파리에만 20곳 이상의 대형 도서관과 30곳 이상의 대학도서관이 있다. 지방에는 1,500곳 이상의 공공도서관과 수많은 작은 도서관들이 산재해 있으며, 지금도 계속해서 어린이도서관과 청소년도서관을 집중적으로 짓고 있다.

그중 미테랑 도서관은 세계 최신식 규모와 시설을 자랑한다. 1988년 미테랑 대통령이 직접 부지를 선정하고, 설계 공모를 해서

온통 유리로 덮여 있는 미테랑 도서관 외관과 간판.

당시 서른여섯 살에 불과했던 무명의 젊은 건축가 도미니크 페로의 설계가 당선되어 1992년에 착공, 3년 만인 1995년에 완공되었다.

이 도서관은 미테랑 대통령이 재임기간 14년 동안 가장 심혈을 기울여 만든 작품 중 하나다. 그는 재임 중 바스티유 오페라극장, 라 데팡스의 새 개선문, 루브르 박물관 마당의 유리 피라미드 등 많은 문화시설을 건립하여 문화 대통령으로 일컬어진다. 뿐만 아니라 그는 프랑스가 자랑하는 고속철도 테제베^{TGV}와 함께 이 '초대형 도서관'Très Grande Bibliothèque, TGB을 만들어, 또 하나의 '테제베'를 완성한 인물로 평가받는다.

도서관 부지는 약 2만 평이며, 지형이 센 강 쪽으로 기울어져 있기 때문에 땅을 평평하게 만들기 위해 센 강변의 면을 들어올려 기단부를 수평으로 형성했다. 거기에 길이 200미터, 폭 60미터의 직사각형 대지를 파서 기단부에서 21미터 내려간 바닥에 수목정원을 조성했다. 이 부지에 본 건물은 낮게 짓고, 대신 대지의 네 귀퉁이에는 80미터 높이의 '반쯤 펼쳐놓은 책 모양의 타워 4개'를 갖춘 형태로 만들었다. 건물 전체가 모두 네모상자 꼴이며 외부는 색유리

미테랑 도서관의 모형도. 지표보다 낮은 선큰 가든에는 소나무가 울창하다.

를 입혔고, 열람석은 낮은 건물에, 서고는 각 타워에 배치했다.

이 건물은 규모가 워낙 커서 4개의 탑은 멀리서 보아도 금방 눈에 띄고, 또 파리 시내 관광지도에도 건물 모형을 그대로 그려놓았기 때문에 찾아가는 데 별 어려움은 없다. 도서관 근처에는 지하철 C·6·14호선이 통과하고 있으며, 14호선 종점인 '미테랑 도서관역'으로 나오면 건물이 바로 코앞에 보인다. 하지만 일단 도서관에 들어서면 이야기가 달라진다. 건물 내부가 매우 복잡해 안내자 없이 혼자 돌아보자니 마치 나침반 없이 항해하는 것처럼 막막해 도움이 절실했다. 운 좋게도 페터 씨의 프랑스 친구에게 도움을 받아 마침 그곳에서 사서로 일하고 있는 한국인 송길자 씨를 만나 자세한 안내를 받을 수 있었다.

파리 외곽인 이 지역은 원래 철도 기지창과 쓰레기 하치장으로 쓰였는데 국립도서관이 들어서면서 도시가 새로 바뀌어 이젠 교통의 중심지가 되었다. 또한 정부 핵심기관인 재정부 청사가 건립된 후 인근이 교육도시로 변모하는 등 이곳은 이제 파리의 '미래의 땅'으로 평가받는다.

도서관을 사방에서 감싸고 있는 4개의 타워는 18층으로 통일해 2층부터 11층까지는 서고가 차지하고, 7층은 사무실로 쓰고 있다. 지하 6층 중 2층까지는 사무실과 부속시설로 사용하고, 기본층인 3, 4층은 특수열람실 등으로 이용한다.

도서관 이용자들은 여러 문을 통해서 들어갈 수 있는데, 건물 외부는 사방이 벽돌색 나무 바닥재에 둘러싸여 어디서나 나무 바닥을 밟고 지나가게 된다. 도시에서 시멘트만 밟다가 종이의 원료인 나무를 밟고 도서관으로 들어가니 기분이 좋고 발바닥의 감촉부터 달랐다. 하지만 나무 바닥 면적이 너무 넓었다. 굳이 나무가 아니어도 될 것 같은 오픈된 광장에 그 싱싱한 원목 자재가 지천으로 깔려 끝이 보이지 않을 정도였다. 햇빛과 물기에 목재가 상할 텐데 유지비가 많이 들겠다고 했더니, 안내자는 브라질에서 자란 나무라 습기에 강하고 튼튼해 괜찮을 거라고 했다. 어쨌거나 멸종 위기에 있는 특수한 목재를 아낌없이 사용한 모습이, 아름답기는 하지만 환경보존에 무관심하고 자원을 낭비하는 것 같았다.

각 타워 사이의 공간은 대략 미식축구 경기장 2개 넓이만하다. 타

평지와 지하 2층을 오르내리는 에스컬레이터.

워가 만들어낸 직사각형 공간은 약 4,000평에 달하는 초대형 선큰

가든sunken garden: 건물 주위에 땅을 파서 만든 정원으로 만들어 마치 도심 속

의 오아시스 같다. 수령이 50년 이상에 키가 40미터가 넘는 소나무

가 빽빽이 들어서 있는 땅 밑의 거대한 정원을 거닐다보면 도서관

이 아니라 오래된 숲속에 와 있는 듯한 기분이 든다.

설계자 페로는 이용자가 건물에 들어오기 전 먼저 깊숙이 파인

소나무 숲으로 끌어들여 정원 속에서 푹 쉴 수 있도록 배려한 것 같

다. 도서관을 이용하는 시민들은 안으로 들어가려면 지상의 나무

데크에서 에스컬레이터를 타고 아래로 내려가야 한다. 이렇게 내려

가는 동안 도시의 번잡함을 벗어나 조용한 도서관의 분위기를 자연

스럽게 맛볼 수 있다. 페로는 숲속으로 시민을 끌어들여 이곳에서

조용하고 편하게 책을 읽을 수 있도록 연출한 것이다.

송길자 씨 말에 의하면, 도서관을 완공하고 공원을 조성할 때 건

물 속에 심은 나무들이 그 옆에 흐르는 센 강보다 지표가 낮아 제대

로 성장할 수 있을지, 개관하기 전 태양광선의 높이와 각도 등을 살

피고 태풍을 대비한 실험까지 마쳤다고 한다. 그래서인지 수목들

은 건강하게 잘 자라고 있었다. 삭막한 현대 건물 안에 자연을 끌어

들인 그들의 안목을 주시하면서, 우리는 언제쯤 이처럼 섬세한 배

려와 장대한 스케일을 지닌 도서관을 가질 수 있을지 부러움이 솟

았다.

미테랑 도서관에는 2,000명의 사서와 직원리슐리외 도서관, 아스날 도

서관 등에 근무하는 1,000여 명을 포함하면 프랑스 국립도서관의 전체 직원은 3,000명

에 달한다이 일하고 있다. 내부는 2,000석의 열람실과 400킬로미터의 서가가 기능적으로 연결되어 있으며, 건물 안의 'ㅁ'자 형태로 연결된 회랑을 한 바퀴 돌려면 0.5킬로미터의 긴 복도를 걸어야 한다. 각 타워는 주제별로 구분되어, 제1타워는 인문·역사·지리 계열, 제2타워는 법학 계열, 제3타워는 이공학 계열, 제4타워는 문학·언어·예술을 담당, 이용자들이 원하는 주제에 따라 쉽게 접근할 수 있도록 했다.

이처럼 기능적으로 잘 조직되어 있고 최신의 설비와 높은 효율성을 자랑하는 이 도서관도 이런저런 혹평을 듣고 있다. 온통 유리로 뒤덮인 외관이 '뻥 뚫린 망루'처럼 허망해 보이고, '뒤집어놓은 탁자' 같다고 비아냥거리기도 한다. 하지만 내가 보기에 이 도서관은 기발한 상상력이 빚어낸 독특함을 발산하고 있으며, 책이 곧 도서관이라는 등식을 눈으로 보여주고 있어 오히려 후한 점수를 주고 싶다.

에펠탑이 처음 파리에 등장했을 때 파리 사람들이 시가지 풍경을 망치는 흉물이라고 비난했는데 지금은 가장 아끼는 보물로 여기듯이, 미테랑 도서관도 머지않아 파리를 빛내는 명물로 받아들일 것이다.

다만 1,000만 권에 달하는 장서를 유리 건물 안에 보관하는 데 문제가 없을지 의문이다. 책을 훼손하는 첫 번째 적은 물과 불, 그리고 햇빛이다. 물론 햇빛은 커튼으로 어느 정도 가릴 수 있겠지만, 서고 바닥에서 천장까지 이중으로 나무 덧문을 달아놓은 건물구조가 왠지 석연치 않았다.

　최근에 지은 도서관들을 보면, 서고를 건물의 안쪽에 두고 가장 자리를 열람실로 이용해 에너지 사용을 최대한 줄이면서 친환경적으로 조성하는 것이 보편적이다. 미테랑 도서관의 수많은 부분들이 나무랄 데 없이 다 좋다 하더라도, 이런 원칙을 배제한 것은 아무래도 아쉽다.

　약간의 약점이 있기는 해도 이 도서관이 군더더기 없는 현대 건축의 미학을 잘 드러내고, 참신한 기능성을 갖춘 것은 분명하다. 1995년 3월 30일에 열린 도서관 개관식에서 미테랑 대통령은 설계자 페로와 함께 단상에 서서 이런 말을 했다.

　……그의 디자인은 대칭 속에 명료하며 선은 절제되어 있고, 속의 공간은 참으로 기능적입니다. 마치 침묵과 평화의 요구처럼 이 건축은 지면 속으로 파고들었으며, 4개의 타워는 도시의 심장부에 광장을 만들었습니다. 땅과 하늘 사이에 탄생한 도서관의 산책길은 모두에게 열려 있으며, 현대도시의 새로운 넓은 공간에서 우리는 만나고 섞이게 되었습니다. 페로의 이 작업은 일개 건축이 아니라 미래를 예시하는 하나의 도시계획입니다. 그는 인류의 지식에 대한 굶주림과 아름다움에 대한 갈망을 향해 하나의 위대한 성취를 이룩했습니다.

프랑스 국립도서관 역사의 산증인, 리슐리외 도서관

리슐리외 도서관을 알기 위해서는 먼저 프랑스 국립도서관의

4,000평에 달하는 초대형 선큰 가든. 40여 미터의 큰 키를 자랑하는
소나무숲이 지표면을 박차 오르고 있다.

600년 역사를 이해할 필요가 있다.

프랑스 국립도서관의 모태가 되는 왕립도서관은 1368년 샤를 5
세가 그의 개인장서를 루브르궁으로 옮기면서 시작되었다. 당시에
는 왕이 사망하면 장서도 함께 소각하는 것이 보통이었는데, 이런
관습은 루이 11세[1461~83] 때 바뀌었다. 그는 선왕의 장서가 망실되
지 않도록 소각과 폐기를 중지시키고, 1480년 정식으로 왕립도서
관을 설립해 그동안 소장해온 장서를 보존하기 시작했다. 때문에
후세는 그를 '왕립도서관의 창시자'라 부르고 있다.

그 후 프랑수아 1세는 1537년 12월 28일 발효된 몽펠리에 칙령
에 따라 도서검열을 목적으로 프랑스에 있는 모든 출판사와 인쇄소

리슐리외 도서관 간판.

는 저자, 주제와 내용, 가격, 크기, 발행연도, 언어에 상관없이 새로 출판하는 모든 책을 도서관에 납본하게 하는 법률을 만들어 장서를 증가시켰다. 이는 곧 '납본법'Le Dépôt légal의 효시가 되어 세계 각국으로 파급되었다. 영국은 1610년부터, 미국은 1846년부터, 독일은 1955년부터, 그리고 한국은 1963년부터 납본법을 시행했으며, 지금은 거의 모든 국가들이 시행하고 있다.

납본제도가 처음 등장하게 된 계기는 권력집단이 비판세력을 차단하기 위해 출판물을 검열하거나 통제하기 위해서였다. 결국 이 제도는 언론을 탄압하는 도구로 활용되다가, 나중에는 국내에서 생산하는 모든 책을 무료로 또는 싼 값에 총체적으로 수집하는 방편으로 이용되었다. 물론 지금은 효율적인 국가문헌수집과 저작권을 보호한다는 데 그 목적을 두고 있다.

또 하나, 국립도서관의 발전 과정을 살펴려면 우선 니콜라 클레망Nicolas Clément이라는 사서 이야기를 빼놓을 수 없다. 왕실도서관의 사서였던 그는 1670년 도서관을 위해 5개의 대주제 아래 23개의 소주제를 알파벳순으로 분류한 표를 고안했다. 이 분류표는 지금 도서관계에서는 잊혀졌지만 그 원류는 살아 있다. 지금도 프랑스 국립도서관은 클레망이 고안한 이 분류표를 모델로 삼되 한층 세분해서 사용하고 있다.

1 신학과 종교

A 성서, B 예전, C 교부, D 가톨릭신학, E 가톨릭 이외의 그리스도 신학

2 법과 사법

E 교회법, *E 자연과 인간의 법, F 사법

3 역사

G 지리와 일반사, H 교회사, J 이탈리아사, I 프랑스사, M 독일사, N 영국사, O 스페인사, O₂ 아시아사, O₃ 아프리카사, P 미국사, P₂ 오세아니아사

4 과학과 예술

R 철학·윤리·물리학, S 자연과학, T 의학, V 과학과 기술

5 문학

X 언어학, Y 시와 시학, 연극, Ye 프랑스문학사, Y2 소설, Z 전집류

1789년 프랑스 대혁명은 사회 전반뿐만 아니라 도서관 체제도 바꾸어놓았다. 혁명은 우선 책의 파괴로부터 시작되었다. 베르사유, 바스티유와 함께 수많은 책이 화마에 휩쓸렸다. 혁명론자들은 도서관을 그저 사치스러운 왕정의 상징으로 보았고, 시민정부에게 왕실과 귀족 들의 책은 무거운 짐일 뿐이었다.

왕실도서관의 장서표Ex Libris를 단 책들은 모두 없애야 할 과거의 산물로 치부되어 표지에 피를 상징하는 검붉은 색의 'RF'Revolution Française로 낙인이 찍혔다.

혁명 기간 동안 도서관의 몇몇 사서가 반혁명분자로 체포되기도 하고, 왕립도서관은 국립도서관으로 이름이 바뀌었다. 왕립에서 국립으로 이름이 바뀌었다는 것은 프랑스 혁명의 가장 본질적인 변화를 시사하고 있다. 지식과 정보를 독점하던 귀족계급이 몰락하자, 이를 시민에게 돌려주는 방법의 하나로 공공도서관이 출현한 것은 매우 자연스러운 현상이기 때문이다.

혁명 후 그간 시행해온 납본이 3년 동안 중단되기는 했지만, 국립도서관은 프랑스 내 교회도서관을 점차적으로 국유화하고 귀족과 성직자, 그리고 국외로 탈출한 망명자들의 개인장서를 모두 몰수해 자료를 점점 불려나갔다.

혁명 기간 동안 이런 몰수정책으로 장서는 많이 축적되었지만 공간은 턱없이 부족했다. 그러자 1794년 국민공회는 전국을 545개

리슐리외 도서관 입구의 여인상. 글을 읽는 자세를 취하고 있다.

구로 나누고 구마다 하나씩 도서관을 설립한다는 법령을 공포했다. 1858년 나폴레옹 3세 때 국립도서관을 새로 재건축하고, 1897년에는 인쇄본으로 저자명 종합목록을 만드는 데 착수했다. 이런 과정을 거쳐 19세기 프랑스 국립도서관은 세계에서 가장 규모가 큰 도서관으로 정착했다. 장서는 1818년에 이미 100만 권을 돌파했고, 1860년에는 150만 권, 1885년에는 200만 권, 1908년에는 총 장서 300만 권을 확보했다.

1994년 1월 3일 법령으로 하나의 국립도서관이 탄생하기까지 모든 장서는 루브르궁 가까이 있는 리슐리외 도서관이 국립도서관으로서 모든 것을 관장했다. 그러나 새 법령 공포 이후 지역적으로 이미 분리된 3개의 도서관 시스템은 그대로 살리되, 도서관마다 장서를 형태별로 주제화하여 각각 관리하게 했다. 이를 테면 미테랑 도서관은 주로 일반도서, 연속간행물, 시청각 자료, 컴퓨터 자료, 마이크로 자료 등을 관리하고, 리슐리외 도서관은 필사본, 목판본, 사진 자료, 지도 자료, 초기간행본, 코인, 메달 등 귀중 자료를, 아스날 도서관은 일반도서, 연속간행물, 지도, 사진, 판화, 포스터 등을 위주로 관리하도록 했다.

이렇게 세 도서관은 역할이 분산되어 있지만, 각각의 도서관이 소장한 도서, 화상, 음성 등 다양한 형태의 자료를 디지털화하고 통합해서 볼 수 있는 네트워크를 구축했기 때문에 이용자들은 언제 어디에서나 국립도서관의 자료를 쉽게 이용할 수 있다.

철의 시대를 연 지식의 탑

리슐리외 도서관은 루브르궁이 있는 파리의 중심가 리슐리외 거리에 있다. 이 도서관을 설계한 건축가 앙리 라브루스트는 엄청난 장서를 수용할 대안을 찾아 화재에 최대한 대비하고, 이용이 편리하도록 장치를 마련하며, 책 분실을 방지하기 위한 새로운 건물을 구상했다.

19세기 초만 해도 인간이 만든 구조물은 대부분 석재, 목재 또는 시멘트 등을 건축자재로 이용했다. 이즈음 프랑스 혁명 100주년을 맞이하여 귀스타브 에펠A. Gustave Eiffel이 순전히 철제를 사용한 구조물을 만들어 이른바 '철의 시대'Age of Iron를 열었다. 그는 1만 8,000여 개의 철제부재와 250만여 개의 리벳 등 최소한의 철을 이용해 세계에서 가장 높은 324미터 높이의 탑을 완성했다. 이것이 가능했던 것은 철이라는 재료와 엘리베이터를 이용할 수 있었기 때문이다.

이 탑이 지금 서울의 남산타워239미터보다 더 높은 것은 파리 만국박람회 개최에 맞추어 프랑스의 국력을 과시하는 랜드마크로 보여주고 싶어서였고, 또 하나는 시민들이 파리에서 가장 높은 곳에 쉽게 올라가 최고 권력자의 시선으로 세상을 내려다보게 하기 위해서였다. 에펠탑은 프랑스 사회의 주인은 이제부터 국왕이 아니라 시민이라는 것을 자랑하는 하나의 상징물이기도 했다.

댄 브라운이 그의 책 『다빈치 코드』에서 "프랑스에서 300미터짜리 남근상보다 더 적절한 국가적 상징을 찾을 수 없다"고까지 극언한 것을 보면, 에펠탑은 부인할 수 없는 프랑스의 상징으로 자리 잡은 것이 분명하다.

프랑스 혁명 100주년을 기념하기 위해 1889년 건조된 이 철제탑이 성공적으로 완성되면서, 철은 탑뿐만 아니라 건물에도 사용할 수 있다는 사실이 확인되었다. 이를 이용한 대표적인 건물이 바로 리슐리외 도서관이다. 어쩌면 이 도서관은 철의 시대를 연 지식의 상징탑이라 할 만하다.

'지식의 경기장'이라 불리는 이 도서관은 철을 재료로 거대한 원통형의 아치 천장을 만들어 건물의 측면에는 서가들을 배치하고,

철제 구조물로 지은 리슐리외 도서관 내부 홀.

동양문고 입구. 이곳에 『직지』가 보관되어 있다.

건물 중앙 한복판에 이용자를 불러들여 마치 고대 원형 경기장 한 복판에서 검투사가 목숨을 걸고 싸우는 모습을 연상하게 한다. 동시에 그 당시 지식인들이 고대의 철학자처럼 학문을 토론하는 진지한 모습을 재현하고자 했다.

도서관 건물 돔의 안쪽은 테라코타 판으로 마감되었고, 가운데는 9개의 둥근 유리창을 넣어 하늘창이 열리도록 했다. 철제로 된 중간 받침대가 있는 서가들이 늘어선 서고는 지붕창을 통해 빛을 덜 받는 공간에 자리를 잡았고, 열람실은 빛이 더 잘 들어오도록 고안되었다.

엄청난 받침기둥들 앞에 있는 12개의 기둥과 공간 안에 독립적

리슐리외 도서관 정원에 있는 사르트르 조각상.

으로 서 있는 4개의 기둥은 30센티미터 두께에 10미터 높이의 철제로 되어 있으며 여기에 철로 만든 아치 모양의 천장 받침대와 연결되도록 설계되었다. 9개의 둥근 천장은 이 골조에 끼인 것처럼 보인다. 하늘창으로 들어오는 햇살도 이용자들을 직접 방해하지 않도록 설계되었다는 설명을 듣고 당시의 건축 수준이 얼마나 과학적이고 치밀했는지 짐작할 수 있었다.

고전적 아름다움과 현대적 의미가 적절히 섞인 이 아름다운 열람실은 리슐리외 도서관의 자랑으로 프랑스 도서관을 알리는 홍보 자료로 많이 활용되고 있다. 그러나 내가 찾아갔을 때 대대적인 수리를 한다고 열람실은 텅 비어 있고, 서가에 책도 없이 불도 꺼져 있었다. 이곳에 있는 모든 책을 미테랑 도서관으로 옮겼기 때문이다.

20년 전, 내가 마지막으로 본 그때 대폭적 수리를 시작했던 도서관이 고맙게도 2022년 9월 마침내 문을 열었다. 재개관하는 도서관은 1995년 완공된 미테랑 국립도서관보다 훨씬 화려하고 서가 등 내부의 꾸밈새도 더 알차 보인다. 그때 자세히 보지 못한 꿈의 도서관을 내 생전에 언젠가 꼭 가보아야 할 버킷리스트에 남겨야겠다.

여기에 있는 책들은 주로 일반도서와 참고도서, 그리고 연속간행물 들이고, 이곳에 그대로 남아 있는 책은 우리나라가 세계 최초로 금속활자로 간행한 『직지』를 비롯해 이른바 '지옥'이라 불리는 금서와 상당수 귀중본 들이다.

『직지』는 리슐리외 도서관의 사서로 있던 박병선 박사가 동양문고 서고 속에서 발견한 것인데, 현재 유네스코 세계기록유산으로 등재되어 있다. 이 책의 반환 문제가 아직까지 해결이 안 된 상태라, 우리나라와 프랑스 사이의 주요 외교쟁점 중 하나로 남아 있다. 여전히 『직지』는 공개되지 않고 있으며, 과거에 전두환 대통령이 방문했을 때도 원본을 보지 못했다고 전해진다. 나 역시 실물을 보고 싶었지만 직접 관람은 할 수 없었고 그것이 소장된 서고를 확인했을 뿐이다.

'지옥'은 이른바 도서관이 지정한 특정구역으로 금서만을 보존하는 비공개 장소를 일컫는다. 여기에는 정치적 목적으로 절대왕권을 비판하거나 왕실의 비리를 폭로하고, 또 미풍양속을 해친다 하여 금서가 되었던 책들을 모아놓았다. 이 '지옥'에 관해『라루스 국제대사전』에서는 이렇게 설명하고 있다.

국립도서관에는 대중에게 공개하지 않는 서고가 있는데 그곳이 '지옥'이다. 거기에는 펜이나 연필로 쓴 온갖 자유분방한 작품들이 모여 있다. 어쨌든 부끄러운 전집에는 사람들이 보통 생각하는 것처럼 작품이 많이 들어 있지 않다. 작품은 모두 340가지, 730권에 지나지 않는다. 그러나 이 범주에 속한 작품은 외설스럽고 역겨울 뿐이라 열람을 금지하고 있다.

『직지』와 '지옥'을 모두 볼 수 있었다면 훨씬 흥미로운 도서관 탐험이 되었을 텐데 더 이상 접근을 하지 못해 아쉬웠다. 또한 주위에 있는 갖가지 미려한 조각상을 바라보면서, 이렇게 아름다운 열람실을 왜 그대로 두지 않고 변신을 꾀하고 있는지 안타까웠다. 이 자리를 다시 도서관으로 재개관한다고 말했지만 다른 무엇으로 채워도 옛날의 아름다운 모습을 더 이상 보기는 어려울 것이라는 생각을 하며, 도서관 마당 안뜰에 세워진 사르트르의 조각상처럼 허리를 굽히고 발걸음을 옮겼다.

11, Quai François-Mauriac, 75706, Paris Cedex 13, France
http://www.bnf.fr

9 안나 아말리아를 구하자!
안나 아말리아 공작부인 도서관

화마에서 구해낸 도서관

지난 2004년 9월 2일 『연합뉴스』는 독일 바이마르에 있는 안나 아말리아 도서관에 큰 화재가 발생했다는 급전을 받았다. 1765년에 건립되었으며 85만 권의 장서를 보유한 이 도서관이 화마의 위협을 받고 있다는 소식은 곧 국내 언론을 통해 보도되었다.

며칠 후 신문에 상세한 보도가 다시 실렸는데, 그 내용은 대략 이렇다. 16세기 로코코 양식의 궁정에 들어선 안나 아말리아 도서관은 괴테의 저작과 루터의 『성경』 등 귀중한 고서들을 포함해 약 12만 권의 도서를 소장하고 있는데, 당시 불에 탄 책은 18세기의 각종 악보들을 포함해 약 3만 권에 달하며, 그 가운데 6,000권의 자료를 화재 당시 수백 명의 사람이 인간 띠를 만들어 손에서 손으로 옮겨 구해냈다.

이 소식을 처음 들었을 때 나는 그저 강 건너 불구경하듯이 그냥

화마가 휩쓸어간 안나 아말리아 도서관. 장막에 쓴 글과 사진이 보는 이를 애타게 한다.

무심히 읽고 스쳐 지나쳤다. 그 후 어떤 기회에 『세상에서 가장 아름다운 도서관』The Most Beautiful Libraries in the World., H. Abrams: New York, 2003에서 안나 아말리아 도서관에 관한 내용을 읽자 새로운 관심을 갖게 되었고, 앞으로 도서관 여행을 하게 되면 다른 곳은 몰라도 이곳만은 꼭 가봐야겠다는 각오를 다졌다.

이 도서관은 1998년 유네스코 세계문화유산으로 등재되었으며, '세계 7대 아름다운 도서관'으로 평가받는 곳이다. 이 아름다운 도서관에 화재가 발생하다니, 그때 도서관은 어떻게 대처했고 화재이후에는 어떤 식으로 복구를 하고 있으며, 또 지금은 어떤 모습을 하고 있는지 모든 것이 궁금하기만 했다.

독일 중동부에 위치한 바이마르에 가려면 고속철도로 베를린에서 3시간, 프랑크푸르트에서 2시간 반 정도 걸린다. 두 도시의 중간 지점에 있는 바이마르는 괴테와 실러 같은 대문호가 생의 대부분을 보낸 곳이며, 리스트를 비롯한 유명한 예술가들의 기념관이 즐비하다. 또한 1919년 '바이마르 헌법'이 제정되어 독일 최초의 공화국을 탄생시킨 유서 깊은 도시다.

도시 한가운데 있는 이 도서관의 공식 명칭은 '안나 아말리아 공작부인 도서관'이지만, 보통 줄여서 안나 아말리아 도서관이라 부른다.

화재가 난 지 1년이 다 되어가는 2005년 6월, 문학과 예술, 그리고 문화의 도시에서 도서관을 찾는 것은 별로 어려운 일이 아니었다. 그러나 유감스럽게도 사진에서 본 아름다운 도서관 건물은 커다란 장막으로 가려져 있었다. 그 장막에는 화재가 나기 전의 모습을 확대한 사진과 "안나 아말리아를 구하자"라는 글이 인쇄되어 있었다.

재난을 입은 도서관을 복구하기 위해 도시에서는 다양한 활동이 이어지고 있었다. '바이마르 고전·문화미술재단'이 나서서 사태수습과 모금활동을 진행하고, 다른 시민단체는 도서관과 함께 유네스코, 세계도서관연맹IFLA 등 세계 각지로 화재 사실을 알리고 기부금을 모으는 데 한창 열중하고 있었다. 또한 최근에 특별히 제작한 홍보용 안내서와 리플릿에 참혹한 화재 당시의 모습을 찍은 사진을 싣고 성금을 모으는 중이었다.

독일어와 영어, 그리고 일본어로 각각 제작해놓은 리플릿 하단에는 "안나 아말리아 도서관 재건을 위해 모금에 동참해주십시오. 복구 프로젝트의 후원자로 독일연방공화국 대통령 호르스트 쾰러가 나섰습니다"라는 글귀가 적혀 있다.

이런 활발한 구호활동을 보며 얼마 전 산불로 강원도 낙산사가 소실되고 귀한 문화재가 잿더미로 변한 일이 생각났다. 하지만 복구운동에 우리 대통령이 직접 참여했다거나 화재 이후 적극적으로 복구 또는 모금운동을 하고 있다는 이야기는 듣지 못했다.

잠시 화제를 바꿔, 화재 당시의 급박했던 상황과 주위의 동정을 재현해보자. 저녁 8시 30분경 도서관 지붕에서 갑자기 불길이 올라오자, 바이마르에서 가장 중요한 문화시설을 방재하기 위해 소방관

안나 아말리아 도서관 로코코 홀. 불이 나기 전의 모습과 불에 타 폐허가 된 모습.

영어, 독일어, 일본어로 된 리플릿. 도시 전체가 도서관 복구를 위한 모금운동을 펼치고 있었다.

들이 급히 출동했다. 그들의 노력으로 불이 잠시 잡히는 듯했으나 9시쯤 큰불이 다시 지붕을 타고 치솟았다. 정신없이 몰려온 시민들은 눈물을 흘리며 발을 동동 구르고, 심지어 책을 구하기 위해 불구덩이 속으로 뛰어들려는 사람도 있었다. 귀중한 도서를 구해내기 위해 죽음도 불사한다는 각오였으리라.

이때 누구랄 것도 없이 소방관, 도서관 직원과 수백 명의 시민이 인간띠를 만들어 화재현장에서 꺼낸 책들을 손에서 손으로 옮기기 시작했다. 결국 화마는 지붕 3층과 2층 일부를 삼키고 밤 11시경에야 조용해졌다. 당시 상황을 기록한 기사에 의하면 사고가 수습된 이후에도 날이 밝을 때까지 그곳을 떠난 사람은 한 명도 없었다고 한다.

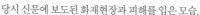
당시 신문에 보도된 화재현장과 피해를 입은 모습.

공작부인이 세운 지식의 집

이 도서관을 세운 안나 아말리아는 1739년 바이마르에서 멀지 않은 볼펜뷔텔의 영주 카를 1세의 공주로 태어났다.

프러시아의 왕 프레더릭 2세의 조카딸이기도 한 그녀는 열일곱이 되던 해 가난한 왕국을 지키기 위해 어리고 병약한 카를 2세 빌헬름 공작과 결혼하지만, 2년 후 7년 전쟁에서 공작이 죽고 말았다. 이때 그녀는 이렇게 말했다.

"내 나이 열아홉, 지금부터 내 인생은 새로운 시작이다. 두 아이의 엄마가 되고 미망인이 되었으나, 앞으로 보호자가 되고 또 지도자가 되어 아름다운 세상을 만들 것이다."

아름답고 지적이며 활기찬 공작부인은 유능한 총리를 두어 자신의 말처럼 몇 년 지나지 않아 국가재정을 회복시키는 데 성공한다. 통치와 경제회복에 성공한 그녀는 어린 시절 화려했던 백부의 왕실과 부모와의 아름다운 시절을 회상하면서 바이마르에 훌륭한 지식

안나 아말리아 공작부인의 초상.
로코코 홀에 있던 초상화는 화재를
입었다. 아우구스트 공작 볼펜뷔텔
도서관에 걸려 있는 그림을
촬영한 것이다.

센터를 만들겠다는 계획을 세우고 이를 실천했다.

1761년, 안나 아말리아는 자신이 사는 집ᐟᐠ색성ᐟᐠ을 개조해 도서관
으로 만들고 유럽에 있는 도서들을 모으기 시작한다. 여기에는 자
신의 아들 카를 아우구스트의 가정교사이자 유명한 시인이며 셰익
스피어 번역가인 크리스토프 빌란트가 번역한 『셰익스피어 전집』
도 포함되었다. 특히 문학을 좋아한 그녀는 괴테와 친교가 두터워
그의 친필 원고와 『파우스트』 초판본 등 괴테와 관련된 많은 도서
를 수집했다.

1775년, 아들에게 도서관을 이양한 그녀는 괴테를 비롯해 화가,
음악가, 시인 들과 교류하면서, 밖으로는 바이마르를 현대화하기
위해 도시에 있는 외양간을 모두 치우게 하고 길에는 가로등을 설

괴테는 38년간 안나 아밀리아 도서관을 관리했다. 도서관 장서 가운데 괴테가 읽은 책에는 일련번호가 붙어 있다. ⓒSteffen Schmitz

치했다. 그녀가 도서관뿐만 아니라 도시의 아름다운 환경도 생각하는 지도자였음을 암시하는 대목이다.

안나 아말리아 도서관 홀은 후기 로코코 양식으로 지어졌으며 아름답고 엄숙하며 매력적인 공간이다. 바닥은 카펫 모양의 검은 슬레이트로 세공했고, 유럽 도처에서 수집한 유명한 그림과 예술품은 이 도서관의 품위를 한층 높여주고 있다.

무엇보다 이 도서관의 품격을 높이는 데 결정적으로 기여한 사람은 괴테다. 그는 26세가 되던 해에 바이마르에 와서 1832년 83세로 세상을 떠날 때까지 줄곧 여기서 살았다. 괴테와 귀부인 안나 아말리아는 매우 자유롭게 교류를 즐겼고, 서로에게 어울리는 대화상대로 손색이 없었다. 『파우스트』원본 등 5,424권의 책을 이 도서관에 남긴 괴테는 이곳에서 살던 시절을 "인생에서 가장 행복했던 기간"이라고 말해 뒷이야기도 무성하다.

1807년 안나 아말리아가 죽은 뒤에도 괴테는 도서관을 위해 적극적으로 활동했으며, 도서관장을 지내면서 이곳이 '독일 최고의 고전주의 중심 도서관'으로 평가받는 데 결정적인 역할을 했다.

이곳의 장서는 불이 난 도서관과 신축 도서관 등을 모두 포함하면 100만 권이나 된다. 현재 직원은 모두 70명이며, 1850년부터 1997년까지의 자료만 전산화가 되어 있고 그 이전 자료는 종전의 카드목록을 그대로 이용하고 있다.

안나 아말리아 도서관은 엄밀하게 말하면 모두 3개의 건물로 나누어진다. 녹색성과 황색성, 적색성이 그것이다. 세 건물은 성이라 부르기엔 다소 무리가 있는 대저택들로, 각각 그 외형과 지붕 색깔만 다를 뿐 모두 흰색 석벽으로 통일되어 있어 그저 편의상 건물에 이름을 붙인 것 같다.

화재를 입은 곳은 옛날에 아말리아가 살던 녹색성이다. 이 도서관은 원래 1562~65년에 걸쳐 세운 개인저택인데, 1761년 공작부인이 전체를 개조해서 도서관으로 바꾼 것이다. 내부의 로코코 홀은 아름답기로 이름이 높으며, 이곳은 도서관이라기보다는 기록관 내지 박물관의 성격이 강하다.

이 건물은 도서관으로 이용하기에는 열람실이 너무 부족하고, 박물관으로 쓰기에는 갤러리가 마땅치 않다. 소장한 책 수에 비해 장

2005년 완공된 신축 도서관 내부. 초현대식 시설로 지하 2층부터 지상 4층까지
내부가 트여 있어 열람실 어디서나 6층 높이로 보인다.

소가 너무 협소하고 또 실제 이용하기도 불편해서 화재가 나기 전
인 2002년부터 황색성과 적색성 사이에 있는 광장을 이용, 그 자리
에 새로운 현대식 도서관을 짓기 시작해 2005년 2월에 완공했다.

화재사건이 처음 신문에 보도되었을 때, 기사에 따르면 도서관
전체가 화마에 휩싸인 듯했지만, 실은 녹색성만 화재가 났다. 당시
신축 중인 도서관 건물과 연결된 지하통로를 통해 화상을 입은 도
서를 피난시키고, 또 다른 자료를 보호할 수 있었다고 한다. 만일 이
건물이 아니었다면 더 큰 피해를 입었을지 모를 일이다.

우리가 도서관을 방문한 시간은 금요일 늦은 오후였다. 만나기로
한 사람이 퇴근해버려 새로운 안내자를 구해야 하는 난감한 상황이
었지만, 다행히 다른 사서의 배려로 도서관을 살펴볼 수 있었다. 다
만 화재가 난 도서관은 보수 중이어서 새로 지은 도서관만 볼 수 있

화재 당시 불에 타버린 도서들. 아직도 매캐한 냄새를 풍긴다.

었다.

신축 도서관은 지하 2층 지상 4층의 현대식 건물로, 외관은 수수하지만 안으로 들어가면 창문이 없고 실내에 짙은 노란색 원목으로 만든 서가와 책들이 사방으로 꽉 들어차 있다. 또 내부 한가운데는 꽤 넓은 정사각형$^{11.5 \times 11.5미터}$의 공간이 지하 2층에서 지상 4층까지 트여 있어, 어디에서 보아도 실내는 6층 높이로 보인다. 지금까지 여러 도서관을 보았지만 이렇게 독특한 디자인은 처음으로 독일의 첨단 디자인을 예시하는 샘플을 보는 듯했다.

지상 1층에서 4층까지는 1950년 이후의 현대 자료를 비치하고, 지하 1, 2층과 녹색성과 연결된 지하서고에는 귀중 자료와 희귀도서, 그리고 화재 당시 가벼운 화상을 입은 도서들을 보관하고 있었다. 서고 칸칸마다 두꺼운 철제문을 준비해 앞으로 어떠한 화재가 발생하더라도 다시는 자료가 소실되는 것을 용납하지 않을 기세였다.

우리가 먼 한국에서 왔다는 것을 안 사서는 고맙게도 공개하지 않는다는 괴테의 『파우스트』 초간본과 그가 친필로 그렸다는 초상화 등을 묶은 책을 보여주었다. 이어 지하서고에서 표지가 불에 그슬린 값진 책, 약간씩 불에 타버린 책, 물에 젖어 아직도 덜 마른 책들도 고루고루 볼 수 있었다.

서향과 탄내가 뒤섞여 있는 그 서고에도 '서고 지킴이'가 따로 있다. 『노트르담의 꼽추』에 등장하는 카지모도처럼 약간 무서운 얼굴에 몸은 성치 않았지만, 그는 상냥하게 미로 같은 서가 골목을 헤쳐나가며 우리에게 귀한 책들을 일일이 보여주었다.

책을 다루는 자세나 태도를 보니, 그는 분명 수십 년 동안 이곳에서 일을 해오며 책 한 권 한 권이 어디에 있는지 그 위치를 꿰뚫고 있는 것 같았다. 그를 보니 서울대학교 규장각에서 30여 년 동안 꼬박 서고만 관리하던 분이 떠올랐다. 어떤 책이 어느 서가, 몇 번째 칸, 몇 번째 줄에 있는지 훤히 알고 있는 그를 우리는 '서고의 달인'이라 불렀다.

화재로 입은 손실의 정도를 물어보자, 복구가 전혀 불가능한 자료가 약 3만 권, 손상이 심한 자료가 약 2만 권이고, 나머지는 수선이 끝나면 이용에는 큰 지장이 없다고 했다. 그중 심한 자료는 라이프치히 국립도서관의 도서수선센터에서 냉동건조시키고 있으며, 일부는 여기서 별도로 조치하고 있다고 했다.

투어가 끝날 무렵, 우리를 안내하던 사서가 해준 이야기가 참 흥미로웠다. 잿더미 속에서 책에 붙은 장서표^{Ex Libris: 라틴어로 '아무개가 소유한 책'을 뜻하는 표지로 소유자의 성명 또는 가문의 문장을 찍어 도서의 표지나 안쪽에 붙이는 작은 표시물을 말한다}가 발견되었는데, 타다 남은 책 표지 위에서 황금으로 찍은 'AA'^{안나 아말리아의 이니셜} 두 글자만이 불길을 견디어내고 반짝반짝 빛을 내고 있더라는 것이다.

아직도 매캐한 탄내가 머물고 있는 지하서고를 빠져나오면서, '사람은 가도 책은 남고, 책은 가도 그 흔적은 남는구나'라는 생각을 했다. 그리고 이 세상에서 화재가, 특히 도서관에서의 화재가 얼마나 두려운 존재인가 새삼 느꼈다.

화재가 난 지 10년, 페터 선생이 그곳에서 발행하는 『교포신문』 2014년 9월 26일자 기사^{'화재사건 5년 후 바이마르 안나 아말리아 공작부인도서관을 둘러보다'}를 보내왔다. 복원 후의 도서관 전면사진과 함께, 3년간의 큰 수리 끝에 2007년 마침내 아말리아 탄생 268주년 생일에 맞추어 도서관을 재개관했다는 내용이 실려 있었다. 연간 50만 명이 넘는 방문객을 대폭 줄여 9만 명으로 제한하고 건물 안전을 위해 최신설비를 모두 갖추었다고 한다. 화재를 입은 건물수리비는 1,280만 유로, 타다 남은 재투성이 책을 복구하는 데 1,000만 유로, 모두 2,300만 유로^{한화 약 300억 원}를 들여 2015년까지 복원을 끝마칠 계획이라고 했다. 지금쯤이면 타버린 도서관 건물과 살아남은 책은 거의 원상복구되었을 테니 옛날의 정취를 다시 느낄 수 있겠다.

아우구스트 공작 볼펜뷔텔 도서관 전경.

볼펜뷔텔의 두 도서관

안나 아말리아 도서관 투어는 일단 여기서 끝냈지만, 그녀가 태어나고 또 처녀 시절에 살았던 친정 동네 볼펜뷔텔에도 꼭 봐야 할 '아름다운 도서관'이 있다는 말에 내친김에 그곳에도 한번 가보기로 했다.

아말리아 도서관과는 그렇게 멀지 않은, 조그마한 시골 도시인 볼펜뷔텔에는 안나 아말리아가 태어나 자란 성이 인공호수 가운데 아직 그대로 있는데, 지금은 수녀원재단이 사용하고 있다. 이 성을 중심으로 길 건너에는 동네 규모에 비해 웅장한 아우구스트 공작 볼펜뷔텔 도서관Herzog August Bibliothek Wolfenbüttel이 버티고 있다. 바로

아우구스트 공작 볼펜뷔텔 도서관 실내 홀. 넋을 잃을 정도로 아름답다.

옆에는 로마제국 시대에 무기저장고로 사용한 창고를 개조해서 만든 시립공공도서관이 나란히 자리 잡고 있다. 작은 마을에 이렇게 크고 훌륭한 도서관이, 그것도 2개가 서로 짝을 이루고 있다니 놀라지 않을 수 없었다.

　우선 아우구스트 공작 도서관부터 보기로 했다. 이곳은 사전에 방문 신청을 하지 않았기 때문에 그냥 들어가서 양해를 구했다. 마침 그날이 휴관일이어서 실내는 조용했고, 우리가 보길 원하는 도서관은 특별히 허가가 있어야 한다고 했다.

　사정을 해서 겨우 허락을 받은 지 30분쯤 지나자, 커다란 열쇠를 한 움큼 들고온 부관장이 우리를 깊숙한 곳으로 데리고 가서 문을

시립도서관 내부. 무기저장고 원형을 그대로 살려두었다.

열어주었다. 처음에 방이 캄캄했을 때는 우리를 왜 이런 곳으로 데
리고 오는가 의아했는데, 불이 켜진 도서관 안은 마치 『알리바바와
40인의 도둑』에 나오는 산적의 동굴처럼 보는 이의 넋을 빠지게 할
정도였다.

 이렇게 아름다운 도서관을 왜 지금껏 세상에 제대로 알리지 않았
을까? 그것은 이용보다 자료보존을 우선해왔기 때문이라고 한다.
도서관을 공개해 사람들이 오가면 이 책들이 없어지리라 염려하는
것이다. 이 말에 수긍하면서도 한편으로는, "책은 이용하기 위해 존
재하는 것"이고 "책은 만인을 위해서 있다"라는 인도의 도서관학자
랑가나단의 말이 떠올랐다. 사진으로 꼭 담고 싶었지만 일절 못 찍

194

무기저장고를 개조해 만든 시립도서관. 정문 위에는 라틴어로 쓴 옛 간판을 그대로 두었다.

게 했기 때문에 눈과 마음에만 이 눈부신 광경을 담고 그대로 발길을 돌려야만 했다.

이 도서관의 정체가 궁금해 한국에 돌아와서 자료를 조사해보니 역시 안나 아말리아와 관련이 있다. 그녀의 아들은 카를 아우구스트, 남편은 카를 2세, 또 그의 아버지는 카를 1세, 이렇게 거슬러 올라가면 이 도서관을 만든 아우구스트 공작은 아말리아의 6대조 할아버지가 된다. 그래서 도서관 이름에 아우구스트 공작이 들어간 것이다. 안나 아말리아는 태어날 때부터 도서관과 어떤 숙명적인 인연이 있었던가 보다.

한편, 이 도서관에 이웃한 시립도서관은 일반적인 도서관과 별 차이가 없었다. 다만 무기저장고 설립 당시 그대로 시설물이 배치되어 있다는 것이 색다르다. 13만 권의 장서를 보유한 이곳은 독일 최초로 도서관 장서를 20개 주제로 분류해서 사용했다고 한다. 어떤 방식으로 분류했는지는 아쉽게도 물어보지 못했다. 아치형의 높은 천장이 매우 이색적이고, 완전히 개가제를 하고 있는데 내부 홀이 너무 길어 동선 낭비가 많아 이용하기에 불편해 보였다.

도서관 정문 위에는 라틴어로 쓴 'ARMAMENTARIUM'이라는 간판을 그대로 붙여놓았다. 이 말은 '무기저장고'라는 뜻이다. 일찍이 서양에서는 쇠를 녹여 창과 칼을 만들었다. 그런데 지금 독일에서는 무기저장고를 녹여 도서관을 만들어 새로운 지식과 정보를 제공하고 있다. 그곳에 서서 지금 우리는 도서관을 이용하는 사람들을 위해 과연 무엇부터 해야 할 것인가 하고 곰곰이 생각해보았다.

Platz der Demokratie 1, 99423 Weimar, Deutscland
www.anna-amalia-library.com

10 지혜의 여신이 머무는 장엄한 공간

오스트리아 국립도서관

유럽 최초의 공공도서관

오스트리아의 역사는 6세기 초, 바이에른 사람들이 도나우 강 유역부터 알프스 산 일대에 걸친 지역을 지배했을 때부터 시작된다. 오토 3세가 통치할 당시 유럽의 '동쪽 나라'Österreiche라는 이름이 붙어 지금의 나라 이름이 탄생했다. 현재는 유럽에서 정치, 경제적으로 주도권을 발휘하진 못하고 있으나 합스부르크 왕가Habsburg: 16세기 이후 절대왕정 시대 유럽의 대표적인 왕조로 방대한 영토를 지배하며 막강한 통치 권력을 행사했다가 전성기를 누릴 때에는 프랑스와 함께 유럽의 패권을 장악한 강대국이었다.

제1차 세계대전 이전에는 헝가리와 함께 오스트리아·헝가리제국을 형성했지만 종전 후인 1918년 공화국이 되었다. 1938년에는 나치 독일에 합병되었다가 제2차 세계대전 후 미국, 영국, 프랑스, 소련 4국의 분할 통치를 거쳐, 1955년 5월 주권을 회복하고 영세

국립도서관으로 들어가는 노이부르크 신 왕궁 입구.

중립을 선언했다.

수도인 빈은 요한 스트라우스의 '빈 숲속의 이야기'를 귀뿐만이 아니라 눈으로도 즐길 수 있을 정도로 아름다운 정경으로 감싸여 있다. 빈의 한가운데 '도시 속의 도시'라 부르는 핵심자리에 10여 개의 궁전이 있는데, 18~20세기에 지어진 노이부르크^{Neueburg: 신 왕궁}와 100여 년의 공사 기간을 거쳐 1220년경에 완성된 호프부르크^{Hofburg: 구 왕궁}로 구분한다.

신 왕궁은 현재 무기 및 악기 박물관으로 사용되고, 구 왕궁은 세계적으로 유명한 '빈소년합창단'이 일요예배 찬양을 하는 왕궁예배당을 비롯해 왕궁의 보물창고로 이용된다. 이 궁은 1918년까지 합스부르크 왕국의 정궁으로 사용되어 황제들이 기거했고, 지금은 대통령 집무실로 사용되며 일부는 국제회의장, 미술관, 도서관과 함께 세계에서 가장 오래된 승마학교인 스페인 승마학교 등이 있다.

18세기 초, 황제 카를 6세는 빈의 요지인 이곳 요셉 광장에 도서관 건물을 착공했다. 이 건물은 카를 6세의 아버지인 레오폴트 1세의 소원에 따라 만들었다고 전해지며, 유명한 바로크 건축가인 에를라흐가 설계했다.

1730년에 착공하여 수년 동안에 걸친 공사 끝에 완성된 아우구스틴 홀은 지금 오스트리아 국립도서관 구관에 해당한다. 이곳의 메인 홀은 길이 77.7미터, 너비 14.2미터에 천장 높이는 19.6미터

아우구스틴 홀 중앙에 서 있는 도서관 설립자 카를 6세.

오스트리아 구 황실도서관. 책을 찾거나 꽂을 때 높은 사다리를 사용해야 할 정도로
규모가 엄청났다.

나 되는 크고 높은 방이다. 게다가 건물 중앙에 있는 돔은 높이가
29.9미터에 달해 멀리서 보면 왕궁이나 큰 수도원처럼 보일 정도로
장중하면서도 우아하다.

　이 시기에 황제들은 자신이 거처하는 동안 세력을 과시하기 위해
저마다 왕궁을 다른 건물보다 더 아름답고 웅장하게 보이도록 지었
다. 이 건물 역시 색다른 면모를 보이면서도 18세기에 완성된 다른
왕궁들과 서로 조화롭게 어울리고 있다. 이 건물은 나중에 영주도
서관으로 활용되다가, 1918년 공화국으로 출발하면서 국립도서관
이 되었다.

　1945년 국가 이름을 붙인 '오스트리아 국립도서관'으로 공식명

구 도서관 입구. 이곳으로 들어가면 아우구스틴 홀에 이른다.

칭이 바뀐 이 도서관은 애초부터 간직해온 특수 장서와 함께 이후
인문학술 분야에 두각을 나타내 마침내 '세계 5대 중요 도서관' 중
하나로 평가받게 되었다.

  '유럽에서 가장 오래된 곳'으로 공인된 오스트리아 국립도서관
은 현재 740만 권의 도서와 상당수의 귀중본 들을 소장하고 있어
오스트리아 문화재의 보고로 불린다. 그리고 열 가지 특수컬렉션에
포함된 자료와 옛 왕실도서관 및 국립도서관에 소장된 장서 중 많
은 것들이 유네스코의 세계기록유산으로 등록되어 있다.

  예를 들어 빈 디오스쿠리드 필사본, 빈 의회의 마지막 기록물, 역
사적 음악 기록물, 에르체르조그 라이너의 파피루스, 슈베르트의

원본 악보와 자료들로 구성된 컬렉션 등이 그것이다.

도서관을 찾는 방문객들은 주로 건물의 윙, 즉 중심건물 옆에 있는 부속건물 가운데로 들어가게 된다. 승마학교로 사용되는 거대한 홀과 연결되는 로비를 통과해서 호프부르크의 작은 입구를 경유하면 고전적인 처마장식을 볼 수 있다.

건물의 중앙은 옛 로마의 거대하고 위협적인 이륜 전차를 조각한 작품으로 가득 차 있는데, 이 전차들은 무지와 질투를 지배하는 아테나의 업적을 묘사한 것이라 한다. 아테나는 지혜의 여신을 의미한다. 모티머 애들러는 우리 마음의 '네 가지 자산'은 정보, 지식, 이해, 그리고 지혜라고 했다. 그 네 가지 중 지혜는 가장 높은 단계의 자산이라 할 만하다. 이는 하이델베르크대학이나 미국의 유명한 대학의 캠퍼스에서 아테나를 표상으로 한 조각품을 자주 볼 수 있는 이유이기도 하다.

유럽 도서관 건축의 걸작품

도서관 탐방은 여기서부터 시작된다. 곧장 안으로 들어서면 입구 양쪽에 로마제국의 남쪽 지방에서 가져왔다는 고대 비문으로 장식된 점토판 등 진열된 소품들이 눈을 사로잡는다. 바로크 양식으로 지은 도서관 건물은 오스트리아 건축물 중 대표적인 걸작으로 평가받으며, 유럽의 모든 도서관 중 가장 인상적인 건축물에 해당한다.

중앙 돌출부의 둥근 천장에는 프레스코 화법으로 하늘이 그려져 있는데, 정말 천국이 그곳에 있는 것처럼 느껴진다. 한가운데에는 신의 영광 아래 카를 6세가 아폴로 신과 헤라클레스의 보호를 받아 광채를 내고 있다. 그밖에도 책과 트로피에 둘러싸인 통치의 예술과 천재의 예술, 전쟁의 신 마르스와 불의 신 불칸 등에 에워싸인 용기 있는 황제들이 어린 천사들과 노니는 그림이 천장에 가득하다.

8개의 둥근 하늘창이 있는 돔 아래 프룬크잘^{Prunksaal: 중앙 홀의 중}앙 갤러리^{17, 18세기에는 왕실이나 귀족 들의 소장품을 진열한 전용공간을 뜻했으나, 19세기 이후부터 상업적 공간으로 등장했다}로 이끄는 계단 앞에는 이 도서관을 건립한 황제 카를 6세의 조각상이 긴 망토를 걸치고 한가운데 서 있다.

이 조각품을 중심으로 주위에는 흰 대리석으로 만든 당대의 수도원장, 합스부르크 왕족, 유명 정치가 등 열여섯 명의 조각상이 두루마리 필사본 등을 들고 주요 코너마다 방향을 달리해 제각기 자리를 지키고 있다. 이 조각상을 배경으로 네 벽면의 1, 2층 서가에는 고서들이 빼곡히 차 있는데 모두 20만 권이나 된다. 이 책들이 오스트리아의 갖가지 문화재, 예술품과 어우러져 도서관이라기보다 박물관이나 미술전시관 같다. 그래서인지 도서관을 이용하는 사람들 외에도 도서관 및 그 안의 수많은 문화재를 관람하러 온 관광객들이 매우 많았다.

아침 9시가 조금 넘은 시간에 갔는데도 실내는 벌써 관광객으로 가득 차 있었다. 안내하는 사서가 그룹으로 찾아온 어린 학생들에게 책을 하나 꺼내들고 친절히 설명하는 광경이 눈에 들어왔다. 몇몇 어른들도 사서를 따라다니며 진지하게 경청하는 모습을 볼 수

8개의 둥근 하늘창과 천장화. 22개의 테마를 나타내는 그림이
원을 중심으로 이야깃거리를 만들어내고 있다.

합스부르크 왕가 왕족 조각상들이 두루마리 필사본을 들고 서가를 지키고 있다.

있었다.

이 도서관 장서 속에 포함된 상당수 책은 단순히 '읽는 것' 이상의 재산적 가치가 부가된 일종의 보물로서, 왕실 또는 귀족가문의 상징이나 마찬가지라 엄청나게 호화로운 장식을 입혀 제작했다. 책의 재질은 양피지나 독피지를 사용했으며, 표지마다 금은보석과 상아를 붙이고 세밀한 삽화와 화려한 색을 입혀 아름다움의 극치를 이루었다.

책이 아름다워야 하는 이유는, 우선 책의 이름이 『바이블』*Bible*에서 연유했듯이 하느님의 말씀으로 가득 차 있어 외형도 그에 상응하는 고품격으로 만들어야 하기 때문이다. 따라서 대부분의 책은 그 값이 엄청나서 이웃나라와의 외교 교섭용이나 국빈과 사절을 위한 선물용으로, 사적으로는 사랑하는 왕비나 연인인 귀부인을 위해, 또는 공주들의 혼수예물로 사용했다.

여기에 있는 장서들은 주로 18세기에 루이 14세가 수집한 것이다. 그때 수집된 도서들은 표지와 책등을 다시 모로코 가죽으로 제본했으며, 내용과 주제에 따라 진한 빨간색은 역사와 문학, 진한 푸른색은 신학과 법학, 노란색은 과학과 자연 등으로 구분해놓았다.

지금까지 나는 문헌정보학을 공부해오면서 도서를 분류할 때 특히 소도서관이나 가정도서관에서는 식별기호로 문자나 숫자보다 색을 사용하는 것이 더 편리하고 유용하겠다고 생각할 때가 많다.

예컨대 얼마 전 작고한 이규태 씨의 '5색 분류법'은 개인적인 실무에도 유용하겠다고 생각한다. 일명 '이규태 분류법'이라 불리는 이 방식은 그가 『조선일보』에 「이규태 코너」라는 고정칼럼을 쓰면서 자신이 소장하고 있던 1만 5,000여 권의 장서와 개인노트, 파일, 스크랩을 유용하게 활용하기 위해 고안해낸 독특한 분류법이다.

그는 지식의 범주를 적색, 황색, 녹색, 청색, 흑색으로 분류했다. 적색은 인간의 신체에 관한 자료, 황색은 인간의 의식주에 관한 자료, 녹색은 자연, 즉 하늘, 환경, 기상, 동식물에 관한 자료, 청색은 인간의 제도와 관습에 관한 자료, 그리고 흑색은 정신에 관한 것, 즉 종교, 문화, 예술자료 등으로 구분했다. 그가 이 분류 시스템을 활용해서 집필하는 데 많은 덕을 보았다는 말을 신문에서 읽은 적이 있다.

마침 오스트리아 국립도서관에서 자료를 색으로 분류한 것을 보고, 이규태 씨의 분류법이 떠올라 우리 도서관에서도 색을 이용한 분류법을 이용하면 어떨까 하는 생각도 해보았다.

왕궁 속의 현대식 도서관

오스트리아 국립도서관은 지금까지 본 도서관이 다가 아니다. 구 도서관 근처에 현대적 도서관을 함께 운영하고 있는데, 이곳은 현대식 건물로 새로 짓지 않고 말발굽 모양을 하고 있는 옛 왕궁을 사용하고 있다. 그렇지만 안에는 최신의 시설과 네트워크를 구축해 자료열람과 대출 및 정보봉사를 하고 있다. 이곳은 10개 부서 안에 기록관과 박물관을 갖추고 있는데, 파피루스 박물관만 해도 18만 건의 파피루스를 보유해 세계 최대 최고를 자랑한다.

도서관 건물은 왕궁이었기 때문에 장엄한 아름다움이 일품이다. 정면 전체 파사드에는 많은 조각상이 창문과 창문 사이를 꽉 채우고, 특히 2층에는 이오니아식 열주들이 웅장하게 배치되어 있다. 건물 앞의 큰 광장은 빈의 심장부로 역대 황제들의 동상도 많고, 항상 여행객을 실어 나르는 마차들과 사람들로 가득하다.

앞의 프룬크잘이 있는 도서관이 박물관과 기록관을 겸하고 있다면, 이곳은 순전히 이용자를 위한 도서관이다. 현대적 시스템을 갖춘 이 도서관은 1966년에 개관했다. 대형 열람실을 확보하기 위해 지하에 서고 공간과 일부 이용자 공간을 요셉 광장에서 헬덴 광장 밑까지 여러 층으로 재배치하면서 도서관 서비스에 획기적인 개선을 이루어냈다.

말발굽형의 왕궁 건물. 내부는 현대식 도서관으로 개조해 최신 설비를 갖추고 있다.

늘어나는 장서를 해결하기 위해 1992년 헬덴 광장 아래에 지하 서고를 만들어 약 400만 권의 도서를 수장할 수 있는 거대한 공간을 확보했다. 1998년부터는 도서관의 모든 장서목록을 온라인으로 검색할 수 있고, 2001년부터는 홈페이지를 개설해 인터넷으로 언제 어디서나 누구든지 접근이 가능하다.

또 2004년에 헬덴 광장 부지에 현대식 도서관을 전체적으로 재개발하면서 주 열람실과 저널 열람실은 물론 입구에도 최신 설비를 갖추었고, 장애인도 쉽게 접근이 가능하도록 2개의 열람실을 통합식 계단과 유리 승강기로 연결시켰다. 좌석을 미리 배정하지 않기 때문에 이용자들은 필요에 따라 3개 층으로 이루어진 열람실을 자유롭게 이용할 수 있다.

개가제로 운영되는 서가와 개인 독서등이 설치되어 있는 열람실.

오스트리아 국립도서관이 현재의 모습을 갖출 수 있었던 것은 그 동안 사회적 관심과 정부의 효율적인 법률 지원이 계속되었기 때문 이다. 지금 도서관 활동에 관한 법령은 2002년에 제정한 박물관법 에 근거한다. 이 법률의 핵심은 오스트리아 문화를 영도하는 데 도 서관을 중심체 내지 주체기관으로 규정하고, 도서관이 세계문화유 산의 관리까지 담당할 것을 승인한 것이다. 국가의 문화유산을 관 리하는 중대한 일은 우리나라 같으면 정부 중앙부서가 맡는데, 오 스트리아는 도서관이 담당하고 있다는 이야기다.

2005년 4월, 오스트리아 국립도서관의 총장서 수는 구 도서관 프룬크잘에 진열되어 있는 16세기부터 19세기까지의 고도서 약 20만 권과, 현대식 도서관에 소장된 일반도서 310만 권, 인쇄물 및 연속간행물 330만 종, 문서 43만 종 등을 모두 합하면 740만 책이 넘는다. 이 수량은 같은 시기에 집계한 우리나라의 국립중앙도서관 장서 수 550만 권에 비하면 200만 권이 더 많은 엄청난 수량이다.

뿐만 아니라 특수한 부속기관으로 오스트리아 문헌기록관, 오스트리아 민속음악연구소 기록관, 사진 기록관, 파피루스 박물관, 필사본·자필문서·비공개 문서부, 초기간행본·고서 및 귀중 도서부, 지도 및 지구의 박물관, 음악 자료부, 대형인쇄물·포스터·장서표부, 언어 및 에스페란토 박물관 등은 세계적으로 손꼽히는 인프라를 확보하고 있다. 이런 바탕이 있기에 이곳이 인문학 도서관의 총본산으로 꼽히는 것이다.

오스트리아 국립도서관은 그 자체로 화려하고 장엄하며 아름답기도 하지만, 그보다 국가기관이 많은 도시의 심장부에, 빈 관광의 중심지에, 그리고 시내교통의 요충지에 자리잡고 있다는 것도 지나칠 수 없는 부분이다. 이곳에 도서관을 두어 오스트리아의 문화를 선도하고, 국가문헌을 관리하고 보존하며, 지식정보를 공유하는 마당을 당당히 펼치고 있는 오스트리아 사람들의 자부심이 오래도록 기억 속에 남을 것 같다.

Josefsplatz 1, Postfach 308, 1015 Wien, Austria
http://www.onb.ac.at

11 지성과 역사가 숨쉬는 대학의 심장

하이델베르크 대학도서관

대학과 결혼한 도시 하이델베르크

우리나라 대학생들이 유럽으로 배낭여행을 떠날 때 가장 좋아하고 많이 찾는다는 독일의 하이델베르크. 그 매력은 어디에 있을까. 그것은 아마도 고색창연한 주황빛 성과 유유히 흐르는 네카어 강가의 빼어난 풍광, 세계적 성악가 마리오 란차Mario Larza가 「축배의 노래」를 부른 영화 「황태자의 첫사랑」의 무대였다는 낭만적인 배경 때문일 것이다. 하나 더 덧붙이자면 영국의 『더 타임』지가 선정한 세계 100개 대학 중 47위에 오를 정도로 대단한 대학의 명성을 확인하고 대학도시가 주는 분위기를 맛보기 위해서가 아닐까.

하이델베르크라는 이름은 '신성한 산'이라는 뜻의 하일리겐베르크Heiligenberg에서 유래했다. 현재 이 도시는 인구 12만 명 중 4분의 1이 학생이어서 그야말로 대학이 도시이자, 도시가 곧 대학이라 할 수 있다. 노벨상 수상자가 물리학 분야에서 3명, 화학 분야에서 2

하이델베르크 중심가 한가운데 성령교회가 있다.
이 교회 2층 다락방에 하이델베르크 대학도서관 원조인 팔츠 도서관이 있었다.

명, 그리고 의학 분야에서 2명, 모두 7명이나 배출된 하이델베르크 대학과 괴테, 헤겔, 야스퍼스, 하이데거 등이 사색하면서 걸어다녔다는 '철학자의 길' '학생감옥' 등은 관광객이라면 꼭 한 번쯤 들르는 곳이다.

하이델베르크대학은 개교 625주년을 맞이하는 독일 최초의 대학으로, 신성로마제국 시대 교황 우르반의 허가를 받아, 1386년 선제후신성로마제국 때 황제 선정권을 가지고 있던 제후국의 제후 루프레히트 1세가 창립했다.

창립 이후 30년 전쟁1618~48년 사이에 독일 안의 작은 나라들이 신교와 구교로 대립하며 벌어진 전쟁 전까지 전성기를 누렸으나, 긴 전쟁으로 도시가 파괴되면서 학교와 도서관의 문을 닫았다가 전쟁이 끝난 1652년에 다시 문을 열었다. 그로부터 한 세기 반이 흐른 1803년 하이델베르크는 바덴 대공국으로 편입되었는데, 바덴의 대공인 카를 프리드리히는 1805년 이곳을 최초의 주립대학으로 개편하면서, 교명을 '루프레히트 카를 대학'으로 고쳤다.

이 대학은 곧 유럽의 학문과 문화의 중심으로 자리 잡았다. 역사를 쌓아가며 대학은 점점 자율성을 확보하고 낭만주의 사상이 퍼져, 1900년 4월 28일부터는 여학생에게도 교육의 문을 개방했다. 지금은 대학을 사회와 시민에게 개방하여 도서관 이용은 물론, 매주 일요일마다 500여 명의 하이델베르크 시민이 각 분야의 교수들로부터 특강을 듣는다.

대학의 기원은 고대 아테네의 '아카데미아'에서 찾을 수 있다. 그러나 근대적 의미의 대학은 유럽에서 시작되었다. 1158년 설립된 이탈리아의 볼로냐대학을 비롯해서, 1167년 옥스퍼드대학, 1209년 케임브리지대학, 1215년 파리대학 등이 계속해서 설립되었다. 독일은 이보다 한참 후인 14세기 후반이 되어서야 대학 설치를 내외에 공포한다. 이들 대학의 공통된 목적은 귀족계급의 인격교육과 훌륭한 인재양성, 그리고 뛰어난 관료를 배출하는 것이었다.

나는 하이델베르크대학을 보면서, 같은 시기에 동방의 조그마한 나라에도 그보다 더 우수한 대학이 존재했음을 상기했다. 1398년 조선 태조 7에 설립된 성균관을 말하는데, 그 이념을 계승·발전한 것이 오늘날의 성균관대학교다. 그래서 이 대학의 로고에는 반드시 창건연도인 '1398'이 들어간다.

1960년대 초, 내가 이 대학에 입학해 첫 오리엔테이션을 받을 때 한 교수님이 이런 말씀을 하셨다.

"자네들의 선배는 정몽주를 비롯해 성삼문, 이퇴계, 이율곡 등이시니 선배들의 높은 학덕을 기리며 이곳에서 열심히 학문을 닦아라."

이때 우리 모두는 그 말씀을 속으로 웃어넘겼다. 당시만 해도 서울대학교를 비롯한 지방의 유수 국립대학교들이 개교 20주년을 준비하고 있는 상황이어서 '건학 600년'이라는 대학교의 역사를 전혀 실감하지 못했기 때문이다. 하이델베르크대학을 마주하니 그때의 교수님 말씀이 새삼 떠올랐다.

공식적인 고등교육기관이면서 띠동갑으로 탄생한 동양[1398]과 서양[1386]의 두 대학은 현재로서는 수준의 차이를 부인할 수 없지만, 당시 성균관은 하이델베르크 대학보다 더 좋은 조건을 갖추고 있었다. 하지만 외세의 침탈과 잦은 전란으로 건물과 유물 들이 파괴되고 훼손되어 이젠 옛 모습을 찾아보기가 쉽지 않다.

1600년대에 재건된 성균관의 규모와 시설 인프라를 보면, 강의실인 명륜당明倫堂, 기숙사인 동재東齋와 서재西齋, 시험장으로 사용된 비천당丕闡堂이 있었다. 그밖에 학생들에게 양식을 대는 식당으로 쓴 양현고養賢庫와 함께, 대학도서관인 존경각尊經閣이 있다. 이와 같이 크고 작은 건물 50여 채를 갖춘 완벽한 대학의 시설을 상상해 보면서, 그때의 하이델베르크대학도 과연 이만한 시설을 갖추고 있었을까 하는 생각을 했다.

특히 성균관 안에 독립된 도서관 건물인 존경각尊經閣, 1475년 설치이 있었다는 사실은 이곳에 비하면 대단한 것이다. 존경각에는 장서의 출납을 맡는 2명의 전임직원을 두었고, 납본제도를 실시했으며, 정확하지는 않지만 경, 사, 제자백가, 잡서 등 수만 권의 장서를 소장하고 있었다.

독일 최초의 대학도서관

현재 하이델베르크대학은 12개의 학부와 6개의 연구센터를 운영하고 있으며 약 2만 5,000명의 학생이 등록되어 있다. 지금 대학의 대부분은 신시가지로 옮기고, 인문학 분야의 강의실과 연구소만 옛 시가지에 남아 있다. 구 대학 광장에는 토론을 즐기는 학생들, 거리의 악사들, 그리고 온 세계의 관광객이 몰려들어 언제나 활기가 넘친다.

대학 광장 남쪽에 신 대학 건물이 있는데, 하이델베르크대학 출신의 미국대사 셔먼이 미국과 독일에서 모금운동을 해 1928년 당시 50만 달러를 들여 지은 것이다. 건물 현관 위에는 지혜의 여신인 아테나가 있고, 그 아래에는 "살아 있는 정신으로"Dem lebendigen Geist 라는 경구가 적혀 있다.

신 대학 건물의 내부 교정은 동쪽으로 열려 있다. 서남쪽 구석에는 1380년대에 건축된 마귀탑이 있어 중세의 성탑으로는 유일하게 보존되어 있는데, 이곳은 한때 여자감옥이었으나 제1차 세계대전 이후 전몰 학생을 위한 추모관으로 사용되고 있다.

추모관 바로 건너편에 선제후 루트비히가 루프레히트 궁과 궁녀관 사이에 자신을 위해 만든 도서관이 있다. 중세 최초의 개인도서관으로 일컫는 이 조그만 도서관은 양 성벽 빈틈 사이에 길쭉하게 매달려 있는 3층 건물로 각 층의 넓이는 3평방미터쯤 되고, 높이는 6.6미터로 꽤 높다. 여기에 선제후의 보물과 미술품, 그리고 값진 책 들을 보관했으며, 3층의 예쁘장한 고딕식 돌출창은 오늘날까지 남아 있는 유일한 장식으로 회랑의 버팀대와 발코니는 지금 보아도 생동감이 넘친다.

15세기 이후, 이 대학은 휴머니즘과 종교개혁의 정신적·종교적 중심지가 되어 이곳의 많은 교수와 학생 들이 독일을 이끌었다. 제2

선제후 루트비히가 개인의 보물과 미술품, 값진 책을 보관하던 중세 최초의 개인도서관.

도시 중심에 있는 성령교회. 2층은 팔츠 도서관이 있었고,
바깥 건물 둘레에는 세계에서 가장 오래된 22개의 구멍가게가 있다.

차 세계대전 때는 도시 전체가 파괴될 위기에 몰린 적이 있는데, 일
설에 의하면 당시 연합군 조종사 가운데 하이델베르크대학 졸업생
들이 많아 그들의 조직적인 애교심으로 결국 폭격이 취소되었다는
이야기도 전해진다.

시청 건너편 중앙에 도시의 상징인 성령교회가 서 있다. 대학도
서관의 반석이 된 성령교회는 선제후 루프레히트 3세가 세웠다. 축
조된 지 12년 만인 1441년 성당이 완성되었고, 높이 82미터인 교
회탑은 그보다 훨씬 뒤인 1544년에 완공되었다. 그 안에 선제후 팔

츠가 만든 도서관이 있다. 선제후의 이름을 따서 팔츠 도서관^{플래티}나 도서관이라고도 한다으로 부르는데, 이것이 바로 하이델베르크대학도서관의 시초다.

도서관이기는 하지만 이곳은 독립건물이 아니라 성령교회의 부속시설이라 현재 얼마간의 책을 비치하고 있을 뿐 도서관 시설은 흔적만 남아 있는 정도다. 교회 지하에는 선제후 가문의 묘지가 있어 일반인의 기도를 위한 장소로 사용되고 있으며, 가끔 대학의 연회장으로도 사용된다고 한다.

교회 건물은 길이 60미터, 폭 20미터로 비교적 큰 건물이지만 중당의 석조기둥 때문에 좁아 보인다. 2층 다락방에 도서관이 있는데, 2층 성가대원들의 합창대석을 좁히고, 장서 보관소를 증축해서 열람실과 서고로 사용했다고 한다. 장소가 어두워 열람하는 데는 불편하겠지만 장서 보존에는 오히려 다행이다 싶었다.

교회 바깥에는 버팀벽 기둥 사이사이에 구멍가게들이 꽉 들어차 관광객을 호객하고 있는데, 이 가게들은 1484년부터 시작해 생긴 지 500년이나 된 세계에서 가장 오래된 구멍가게라 한다. 가게들은 모두 스물두 곳으로 처음에는 주로 책방이었으나 1960년대 이후 꽃가게, 과일과 야채가게 등으로 바뀌었다. 책들은 간데없고 지금은 모두 기념품 가게가 자리를 차지해버렸다.

팔츠 도서관이 결정적으로 확대된 것은 선제후 오토 하인리히의 도서관에 대한 깊은 관심과 의지 덕분이었다. 그는 그리스어, 라틴

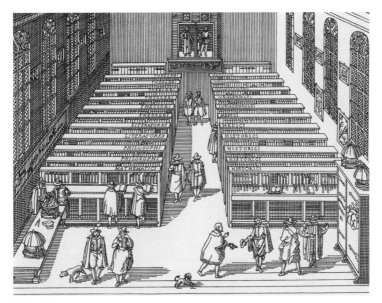

1575년 네덜란드 최초로 설립된 라이덴대학도서관 내부.
책은 주제별로 분류하고 사슬에 묶어두었으며 학생들은 교복정장을 입고 출입했다.

어, 히브리어로 된 필사본을 광적으로 모으고, 고성에 있던 책을 모두 가져와 도서관의 장서를 늘려 나갔다.

당시로는 방대했던 팔츠 도서관은 자료를 보관하는 공간이 꽤 큰 편이었다. 특히 루트비히 3세와 선제후 오토 하인리히의 헌납, 그리고 대부호 푸거가 많은 장서를 기증해 약 11만 7,500킬로그램의 장서를 확보할 수 있었다.

그러나 30년 전쟁으로 도서관은 파괴되고 수많은 장서가 약탈당했다. 뿐만 아니라 바이에른의 선제후 막시밀리안이 그레고리 교황에게 팔츠 도서관의 책을 헌납하면서 3,500권의 필사본과 1만

사슬로 묶어놓은 책들.

3,000점의 인쇄물 등 184개의 상자에 달하는 장서가 50대의 마차에 실려 알프스를 넘어 로마로 운송되고 말았다.

이때만 해도 유럽 대부분의 도서관은 모^{母} 기관의 부속시설이었고, 유명하다는 대학만이 독립된 건물에 도서관을 확보할 수 있었다. 교수들은 작은 규모의 개인장서를 갖추고 학생들에게 빌려주었다. 학생들은 강의를 노트에 받아써서 교과서로 대신하거나, 도서 판매인으로부터 사거나 빌렸다.

당시 유럽에서 명성이 높은 파리의 소르본대학, 영국의 옥스퍼드·케임브리지대학, 네덜란드의 라이덴대학 등의 도서관에는 장서가 많았다. 이 장서들을 주제별로 분류해 배치했고, 책은 독서대에 놓거나 도난을 방지하기 위해 선반에 나란히 얹어 사슬로 묶어놓기도 했다.

책은 귀하고 값진 것이었던 만큼 자칫 훼손될 수 있을 뿐더러 그보다 도난사고가 잦아서 보관은 늘 골치 아픈 문제였다. 감독도 소홀해서 학생들이 유혹을 못 이기고 팔아버리는 일이 많아지자, 도서관에 들어가려면 반드시 학사모와 망토, 즉 교복정장을 걸쳐야 했다.

1440년이 되자 하이델베르크대학도서관은 새 건물을 짓기 시작해 1443년에 완공을 보았다. 1층은 교양학부에서, 2층은 신학, 법학, 의학부에서 사용했으며 이때 장서들이 많이 증가했다. 초반에는 계속 늘어나는 책들을 일정한 규칙 없이 무질서하게 배열해놓아 혼란스러웠는데, 이를 개선하기 위해 일정한 목록규칙을 정하고, 1466년 드디어 종합목록을 만들었다.

이때 만든 목록은 카드에 필사해서 만든 가제식목록加除式目錄인데, 책자목록 한 권을 꺼내어 실측해보니, 크기가 5×17.5센티미터로, 페이지 당 6장씩 카드를 철해두었다.

카드에 쓰인 글씨체는 제각기 그 모양이 다르고 여러 색의 잉크를 써서 형형색색이며, 직접 만져보니 종이도 얇은 것과 두꺼운 것이 섞여 있었다. 그렇지만 책자목록으로 제본해둔 책들은 질서정연하게 배열되어 있으며, 각 책마다 인덱스를 두어 검색이 용이했다. 이렇게 모아둔 책이 1층 벽면을 꽉 채우고 있었다.

도서관은 점점 발전하여 1556년까지 '엘렉토 왕자의 도서관' 목록을 포함해 4,800종의 인쇄물, 500종의 양피지 필사본, 600종의 종이 필사본 등 대략 6,400종을 확보했다. 또한 1588년에 발표된 법령에 따라 독일 최초로 사서가 운영하는 전문직 도서관장을 제도화하고, 이때 3개의 도서관을 확보했다.

이는 전적으로 루트비히 3세와 선제후 오토 하인리히의 헌신적인 노력과 열정 덕분이다. 그는 법령을 발표해 매년 '프랑크푸르트 책 박람회'에서 적어도 50길드어치의 책을 구입하도록 했다. 이로써 1710년 도서관은 4,200권을 확보할 수 있었고, 도서관 창립 400주년이 되는 1786년에는 총장서 1만 2,000권을 보유해 알프스 북쪽에서 가장 뛰어난 도서관 중 하나로 명성을 발휘했다.

하이델베르크대학도서관의 진정한 번성은 바덴의 선제후인 카를 프리드리히가 대학도서관을 개선시키기 위한 획기적인 시도를 하면서 시작되었다. 1803년 5월 13일 칙령을 선포하고 이를 통해 도서관의 장서 수집을 위한 자금을 제공하면서 이후 1832년까지 총장서 수가 12만 권까지 증가한 것이다.

나아가 막시밀리안이 로마에 보냈던 팔츠 도서관 장서를 회수하는 데 성공하고, 파리에서 보내온 바티칸의 도서들과 몇몇의 로마와 그리스의 작품, 그리고 847개의 독일 필사본 들도 하이델베르크로 돌아왔다.

이 도서관에는 세계적으로 자랑할 만한 것이 숱하게 많다. 그중에는 크기 25×35.5센티미터, 426장의 양피지에 코덱스^{codex: 낱}

하이델베르크 대시가집 『마네세』. 원본은 귀중본실에 보관하고 복제본을 전시하고 있다.

장을 꿰매어 묶어 쪽매기기를 할 수 있도록 만든 오늘날의 도서 형태로 만든 대형 책 『마네세』*Manesse*도 포함되어 있다. 원명이 『하이델베르크 대시가 집』이며 중세 서적문화를 대표할 정도로 귀한 이 책에는 140여 명 의 시인이 쓴 약 6,000여 편의 시가와 138점의 채색 그림이 실려 있다.

국외로 유출되어 1657년 파리 국립도서관에 소장된 이 책을 1888년 독일제국 당시 40만 골드 마르크를 주고 매입해 다시 소장 하고, 그 복사본을 2층 로비 유리 상자 속에 전시하고 있다.

2층으로 오르는 로비 앞 계단 끝에 이 도서관 전문사서로 활약 한 카를 장게마이스터의 흉상이 보인다. 그는 1873년부터 20세기 초까지 도서관 장서를 40만 권으로 증가시키는 데 절대적인 역할을 했고, 그가 개발한 '장게마이스터의 목록'은 큰 업적으로 남아 있다.

장게마이스터는 1901년 건축가 요셉 두름과 함께 성 아우구스티노 수녀원이 있던 대지 위에 지금의 도서관을 착공했는데, 완공[1905]2년을 앞두고 죽고 말았다. 대학에서는 그의 업적과 사서정신을 기리기 위해 흉상을 만들어 도서관을 오르내리는 사람들이 잘 볼 수 있는 곳에 설치했다.

도시와 대학을 상징하는 아름다운 표지

일반적으로 대학도서관은 캠퍼스의 가장 핵심부인 대학본부와 학생회관과 함께 삼각벨트를 이루도록 배치하여 건축하는 것이 상례다. 2005년 봄, 개관 100주년을 맞이한 이 도서관 역시 하이델베르크의 상징물로서 대학 중심부에 우뚝 서 있다. 본채 한 귀퉁이 위로는 청록색의 높은 첨탑 때문에 도서관이라기보다는 러시아풍의 사원이 연상된다. 신 고딕 양식으로 지상 6층, 지하 2층의 'ㅁ'자 형으로 축조되고, 내부는 전형적인 바로크 양식이다. 열람석 어디에 앉아도 푸른 숲을 볼 수 있을 정도로 넓은 정원은 짙은 주황색 건물과 조화를 이룬다.

도서관 정문 입구, 두 기둥 양옆에 있는 조각은 멋있기도 하지만 특별한 의미를 지니고 있어 유명하다. 입구 왼쪽에는 프로메테우스가 있고, 오른쪽에는 아이를 데리고 있는 여인상이 있다. 프로메테우스는 바위에 묶여 있고 그 발 위에 독수리가 앉아 있다.

도서관 정문. 입구 왼쪽에는 프로메테우스, 오른쪽에는 아이와 함께 있는 여인상이 있다.

그리스 신화에서 프로메테우스는 제우스의 뜻을 어기고 인간에게 불을 주어 바위에 묶여 독수리가 간을 쪼아 먹는 형벌을 받는다. 이 조각상이 말하고자 하는 바는 윤리적으로 허용되지 않는 지식 습득이나 연구를 하지 말라는 뜻이며, 오른쪽의 여인과 아이는 인간의 지식은 다음 세대로 전달된다는 것을 의미한다. 이어 정문 입구 벽면 위쪽으로 시선을 돌리면 웃는 얼굴과 우는 얼굴상을 볼 수 있는데 이는 인생의 희극과 비극을 상징한다.

현관 안으로 들어가면 유럽의 도서관에서 흔히 볼 수 있는 큰 홀이 보이지 않고 높은 공간에 철골 기둥을 세워 전체를 1, 2층으로

하이델베르크대학도서관. 러시아풍의 첨탑이 이채로운 바로크 양식의 건물이다.

100년 전 설립 당시의 도서관 중앙 홀.
지금은 철골기둥을 세워 1, 2층으로 만들어 옛 정취를 느낄 수 없다.

나누어서 2층은 서가와 열람 공간으로, 아래층은 멀티미디어실로 사용하고 있다.

왜 이렇게 아름다운 공간을 막아놓았는지 궁금해서 안내자에게 물었더니, 제2차 세계대전 무렵 자료는 점점 늘어나는데 공간이 너무 부족했고, 또 그때는 '아름다움의 가치'를 잘 몰랐기 때문이라고 대답했다. 그러면서 100년 전 건축 당시 오픈된 홀을 찍어 벽에 걸어둔 흑백사진을 보여주었다. 오늘날에도 비슷한 사례를 되풀이하는 우리 도서관의 실태를 이곳에서도 보는 듯해 못내 가슴이 쓰렸다.

이 도서관의 장서는 꾸준히 증가해 1934년에는 마침내 총장서 100만 권을 돌파했다. 참고로 국내 최초로 서울대학교 도서관이 장서 100만 권을 돌파한 해는 이보다 44년이 늦은 1978년 3월 16일이다. 하이델베르크는 1939년 제2차 세계대전이 발발하기 전까지 115만 권의 장서를 보유, 독일에서 가장 큰 도서관 중 하나가 되었다. 전쟁이 발발하자 귀중한 장서들은 안전한 장소로 옮겨졌지만 불행히도 4만여 권은 인멸되고 말았다. 종전 후인 1949년 하이델베르크대학도서관은 독일연구협의회의 자금을 지원받아 국가공동수서에 참여해 장서 확충에 전력을 기울였다.

이후 약 40만 권을 소장한 개가열람실을 별도로 만들고, 1991년에는 120만 권의 장서를 보관할 수 있는 지하서고를 완공했다. 이어서 다음 해에는 약 430개의 연구실과 캐럴실을 제공하는 한편, 1995년에는 분관을 확장했다.

현재 하이델베르크대학도서관은 교양학부와 대학원, 그리고 대학 부속 성령교회의 책들이 주축이 되어 장서 350만 권과 1,000종의 최신 과학 및 의학 학술지, 그리고 230개의 연구실과 캐럴실을 갖추고 있다.

150명에 달하는 사서는 종래의 전통적 문헌검색에서 벗어나 다양한 전자서비스로 무장하고 마이크로폼 자료, 전자 데이터베이스,

E-저널, 전자우편을 통해 이용자를 위해 최선을 다하고 있다.

P.O.B.: 10 57 49, D-69047 Heidelberg, Germany
http://www.ub.uni-heidelberg.de

12 영혼을 치유하는 요양소
장크트갈렌 수도원도서관

스위스의 시골마을 장크트갈렌을 찾아서

스위스는 공식 국명이 스위츨랜드^{Switzerland}이지만, 독일에서는 슈바이츠^{Schweich}, 프랑스에서는 쉬스^{Suisse}, 이탈리아에서는 스비체라^{Svizzera}라 하고, 우리는 통상 스위스^{Swiss}라고 한다. 이는 영어가 오래전부터 우리 귀에 익숙해졌고 미국문화가 생활에 깊숙이 스며들었기 때문일 것이다.

내셔널 지오그래픽에서 펴낸 스위스 관련 지도에는 세인트 골^{St. Gall}이라는 도시지명은 나와 있지만 장크트갈렌^{St. Gallen}은 어디서도 찾을 수 없다. '팍스 아메리카나'를 지향하는 미국이 스위스의 시골 도시 '장크트갈렌'을 그대로 놔두지 않고 '세인트 골'로 고쳐버렸기 때문이다.

현지인들이 수백 년 동안 지켜온 고유한 지명을 영어는 큰 도시, 작은 도시 가릴 것 없이 편한 대로 고쳐버렸다. 나폴리^{Napoli}를 네이

고색창연한 장크트갈렌 수도원 전경.

플스^{Naples} 로, 덴하그^{Den Haag}를 헤이그^{Hague} 로, 로마^{Roma}를 롬^{Rome} 으로, 뮌헨^{München}을 뮤니크^{Munich} 로, 바르샤바^{Warszawa}를 와르소^{Warsaw}로, 베네치아^{Venezia}를 베니스^{Venice} 로, 빈^{Wien}을 비엔나^{Vienna} 로, 프라하^{Praha}를 프라그^{Prague} 로 자기들 마음대로 바꾸어놓았다. 그래서 영어 지도를 가지고 유럽을 찾아가면 지명을 제대로 알아보는 것부터 헷갈릴 때가 많다.

독일 하이델베르크에서 아우토반을 타고 남쪽으로 4시간쯤 달리면 그동안 달려온 평지의 끝을 알리는 눈 덮인 알프스가 보이기 시작한다. 이윽고 널따란 보덴 호수가 나타나고 어디를 보아도 절경인 산과 집집마다 꽃을 내건 알프스의 풍경이 여행자의 눈과 마음을 홀린다.

곧 스위스 국경^{EU 통합 후, 말이 국경이지 간단한 검문소는 비자 확인도 없이 통과할 수 있다}이 나오고, 얼마간 지나면 취리히에 못 미쳐 조그마한 산골동네 장크트갈렌에 도달한다.

이 동네를 한참 돌아 산중턱에 이르면 2개의 뾰족한 첨탑에 주황색 기와를 인 바로크 형식의 수도원 건물군이 나타나고, 그 탑 한복판에 아래위로 붉은색 둥근 창을 단 2개의 첨탑으로 연결된 대성당이 나온다. 그 안에 장크트갈렌 수도원도서관이 있다.

영혼을 치유하는 약방, 수도원도서관

수도원도서관은 언제나 유럽 역사와 문화의 중심에 서 있었다. 그래서 옛날 유럽에서는 귀족, 성직자, 학자, 상인에 이르기까지 낯

'영혼의 요양소' 또는 '영혼의 약방'을 자처하는 장크트갈렌 수도원도서관.

선 도시에 들르면 반드시 도서관을 찾는 관행이 있었다. 중세 유럽 사람들에게 '안다는 것'과 '생각한다는 것'은 대부분 책에 근거한 것이기 때문에 도서관 방문은 지식인들의 보편적인 지적 순례였다.

당시 그들에게 도서관은 어떤 의미였고, 무엇이 그들의 마음을 그토록 사로잡았을까.

도서관을 찾는 것은 일종의 수학여행으로서 지식과 교양을 재충전하고 원하는 정보를 수집하며, 또한 마음을 다스리기 위한 수단이었다. 도서관은 단순한 책의 창고가 아니라 도서관은 우리에게 무한한 지식과 필요한 정보를 제공하고, 인류문화의 역사와 자산을

도서관 내부 홀.
오랜 세월을 이곳에서 지낸
책들은 저마다의 향기를
뿜어낸다.

갖춘 지식의 저장고다. 동시에 이곳은 책을 통해 인류의 위대한 스승과 문인, 사상가를 만날 수 있는 장소이자 인류의 기록유산뿐만 아니라 옛 성인 또는 역대 제왕의 유물을 소장한 문화유산의 보고다. 나아가 우리의 영혼을 치유하는 요양소이자 휴식처다.

학문의 중심으로서 그 이름을 빛낸 장크트갈렌 수도원도서관도 순례자들을 맞이하는 단골 방문지로서 충분한 조건과 매력을 갖추고 있다. 특히 이곳처럼 규모가 큰 수도원은 별도의 필사실이 있어서 책의 제작 과정부터 제본에 이르기까지 생산 공정 전체를 보여

줄 수 있는 시설을 완벽하게 확보하고 있어 구경거리도 많았다.

식물 성분의 잉크가 든 점토 잉크병이나 소뿔, 그리고 작은 칼로 깎아 만든 갈대붓 대신 가장 흔히 쓰였던 깃털 펜도 있다. 흑연 연필, 나무 자, 컴퍼스, 양피지 등도 볼 수 있다.

모든 수도원이 장크트갈렌처럼 크고 쾌적한 것은 아니다. 일부 수도원은 전용 필사실이 없어 복도나 골방에서 고통을 참아가며 필사작업을 할 수밖에 없었다. 여름에는 무덥고, 겨울에는 추위에서 벗어날 수 없는 열악한 환경 속에서 필경사들은 날마다 갈대 혹은 새의 날개뼈로 만든 펜과 작은 칼을 꼭 쥐고, 책상에 엎드려 할당된 책임량을 채워야 했다.

하느님의 일을 대신하는 성스러운 작업은 기쁨도 주었지만 인간적 욕구가 얽히는 것은 당연한 일이다. 필경사들은 완성된 사본 뒤쪽에 보람의 기쁨 외에 고통과 불만을 토로하곤 했다.

"성모 마리아여, 필경사를 지켜주소서."

"여기서 이 책이 끝난다. 나의 손은 그것을 기뻐한다."

"펜의 대가로 예쁜 아가씨를 주소서."

장크트갈렌 수도원은 아일랜드의 귀족 콜룸바누스가 설립했다. 부귀영화를 뿌리치고 수도사의 길로 들어서 이교도들에게 복음을 전하기 위해 유럽 구석구석을 방랑했던 그는 뤽세이유 수도원을 세운 것으로도 잘 알려져 있다. 이후 콜럼바누스는 남부 독일과 스위스, 이탈리아에서 선교활동을 했으며, 612년 사람이 살지 않는 스타인나흐 강 상류 브레겐츠에 지금의 이 수도원을 지었다. 그 후 계속 이곳에서 활동하다가 서기 646년 세상을 떠난 그를 사람들은 '성 갈리'^{Saint Galli, 또는 St. Gall, Gallon, Gallonus, Gallus 등으로 부른다}로 추대했다.

성 갈리의 뜻을 이어받은 수도사 오트마리는 필사실을 관리하면서 수도원을 새롭게 다듬고, 도서관을 세워 책을 수집하고 많은 성가집과 악보를 생산했다. 이로써 로마 교황으로부터 「그레고리오 성가」^{Gregorian Chant}를 가르치고 성악가를 길러내는 수도원으로 인정받을 수 있었다.

수도원에서 도서관으로 들어가는 길목. 수도사들의 다양한 모습을 새겨놓았다.

수도원 설립 230년이 지난 841년 장서 400권을 모았지만 별도의 도서관이 없어 필사실 위 다락방에 보관했다. 그나마 930년대 초 훈족의 공격을 받아 책을 거의 다 약탈당하고, 937년에는 큰 화재를 입기도 했다. 12세기에는 이교도들과의 싸움에 밀려 쇠퇴하기도 했지만, 16세기 이후에는 번성기를 맞이한다. 귀중한 책을 보유하고 있다는 사실 하나만으로 중요한 영향력을 행사할 수 있었고, 17세기 중반 들어 수도원장의 활동과 노력으로 이 도서관에 스위스 최고의 필사 및 인쇄 센터를 만들었던 것이다.

지금의 장크트갈렌 수도원은 1750년 대수도원장 스타우다크의

장크트갈렌 수도원의 로고.
거룩한 책이여!
성 갈리와 성 오트마리 이름이
라틴어로 적혀 있다.

지시로 오스트리아 건축가 페터 덤프와 미카엘 페터가 건설한 것이다. 그들은 당시로서는 획기적인 단순하면서도 힘이 넘치는 바로크 스타일의 도서관을 만들고, 육중한 현관 문 위에 '영혼의 요양소'라는 문패를 붙였다.

이렇게 완성된 도서관은 1983년 유네스코 세계문화유산으로 지정되었다. 나는 이곳에 꼭 한 번은 가보고 싶었는데, 그것은 현관 위에 새겨져 있다는 '영혼의 요양소'라는 문구를 보고 싶었기 때문이다.

드디어 도착한 도서관은 문이 활짝 열려 있었다. 현관 문 위에 고대 그리스어로 ΨΥΧΗΣ ΙΑΤΡΕΙΟΝ, — '영혼의 요양소'Sanatorium of the Soul 또는 '영혼을 위한 약방'Medicine chest for the Soul — 을 새긴 팻말을 설레는 마음으로 쳐다보고 또 쳐다보았다.

이 말은 1세기경 이집트 람세스 2세 때 『책들의 집』Home of Books을 기술했던 시칠리아의 디오도루스가 처음 쓴 말이라지만 정설은 아

도서관 입구, 고대 그리스어로 쓴 '영혼의 요양소' 팻말.

니다. 한국에서는 도서관을 다른 말로 '독서의 전당' '서적 집합소' '정보 제공처' 등으로 쓰기도 하는데, 이곳에서는 도서관의 첫 번째 기능이 단순히 지식습득이나 정보수집, 그리고 오락을 위한 것이 아니라 책을 통해 영혼의 상처를 치유하고 걱정거리를 푸는 해우소解憂所, 즉 영혼을 치유하는 곳이자 약방이라고 굳게 믿고 있었다.

호화로운 책의 집

입장권을 내고 도서관 안으로 들어가면 신발 위에 포개어 신을 덧신을 준다. 이것을 신고 현관으로 들어서면, 황홀한 프룬크잘이 나타나고, 목재로 만들어 다양한 빛깔을 내뿜는 수만 가지의 조형

홀에 전시 중인 자료들. 아름다운 「그레고리오 성가」 악보 필사본은 흔히 볼 수 없는 귀한
자료다.

4개의 천장으로 나뉜 커다란 홀. 요셉 반넨마커가 하늘과 인간이
대화하는 모습을 묘사한 천장화가 일품이다.

물이 눈길을 사로잡는다.

 책들이 머무는 천국이라 할까. 곡선미를 갖춘 난간들이 자연스럽
게 공간을 감싼 가운데 신비롭고 장엄한 천장화와 더불어, 넉넉한
방의 아래위층 벽면을 가득 채운 책장 속에서 오랜 세월을 보낸 책
들은 저마다의 향기를 뿜어낸다. 상감기법으로 만들어져 입체감을
느끼게 하는 화려한 바닥에는 멋진 기둥들이 방사형으로 서가를 지
탱하고 있으며, 품위가 느껴지는 나무기둥 상단에는 코린트 양식에
금을 씌운 장식을 해놓아 그 자체로도 훌륭한 예술작품이다.

 4개의 천장 돔에 그려진 그림은 니케아 공의회와 콘스탄티노플,

상아와 금은보석으로 치장한 초기 『성경』(24×36센티미터).

에페수스, 칼케돈을 주제로 해서 요셉 반넨마커가 그린 것으로 하늘과 인간이 서로 대화하는 것처럼 보인다. 천장에 그림과 함께 씌어 있는 문자의 의미를 라틴어를 해독하는 페터 씨한테 물었더니, 하나는 「마태복음」에 나오는 "하느님은 너희와 함께한다"라는 것이고 또 하나는 「요한복음」에서 나오는 "진실을 깨달아라"라는 말이라 했다. 나머지 두 부분은 시간에 쫓겨 제대로 물어보지 못했다.

크고 아름다운 반원형 홀에는 원형으로 튀어나온 창문이 있고, 그 앞은 프레스코 화법으로 그린 로코코 양식의 작품들로 가득하다. 바닥의 도서 진열대에도 많은 귀중본들이 전시되어 있는데 감시원들이 사방에 있는데도 주먹만한 열쇠를 채운 것으로 보아 매우 값비싼 작품인 듯했다.

한 예로, 기원후 894년 당대 최고의 명필가 에반겔리움이 필사본 양면 표지에 상아로 천사와 성인을 새겨 붙이고, 그 옆에는 금과 보석으로 치장한 24×36센티미터 크기의 초기 『성경』*Giant Bible*이 있다. 안내자는 책을 가리키면서 보험금만 1억 유로1,500억 원라고 지레 겁을 주기도 했는데, 이 말을 들으면서 호화스럽게 만든 책을 비판했던 어느 비평가의 말을 되씹어보았다.

"그대들이 가지고 있는 책은 금은보석으로 덮여 있는데, 주 예수는 벌거벗은 채로 십자가에 매달렸지 않느냐."

지금도 호화판 성전을 가꾸는 데 여념이 없는 한국 기독교나 전국의 산천에서 분에 넘치게 불사를 진행하는 불교계를 보면 여전히 되새겨볼 만한 말이다.

현재 이 도서관은 장서 15만 권을 보유하고 있으며, 스위스의 국보급 문서와 도서들도 많이 소장하고 있다. 이를테면 무게가 22킬로그램이나 나가는 대형 책 『미사 때 부르는 노래 악보』와 화려한 색채로 장식한 헤아릴 수 없이 많은 악보 등이다. 여기가 바로 로마 시절 성 오트마리가 「그레고리오 성가」를 가르쳤던 음악학교였음을 실감할 수 있는 자료들이다.

그밖에도 기원후 600년경에 나온 책 『라틴어 문법』과 이 시기에 수도사들이 어두운 서고에서 하늘과 맞닿기 위해 온몸으로 새긴 『성경』을 비롯해 수도사들의 생활규칙을 적은 책 등 많은 귀중서들을 보유하고 있는데, 시간이 모자라 다 보지 못하는 것이 안타까웠다.

이 진귀한 도서들을 모두 다 창살 속에 가두어놓았기 때문에 꺼내서 만져보거나 펼쳐볼 수는 없지만 혹 열어놓았다고 해서 모두 본다는 것도 가능한 일이 아니다. 특히 이 도서관이 소장하고 있는 양피지에 쓴 최초의 『로마 여행 안내서』와 '드라큘라 백작'의 잔혹한 행위를 기술해놓은 귀한 문서들도 보고 싶었지만, 기약도 없이 다음 기회로 미룰 수밖에 없었다.

시간을 재촉해 밖으로 나오다가 도서관 구석에서 6세기경 만들어진 이집트 소녀의 미라를 보았다. 이집트학을 연구하기 위해 1820년에 이곳으로 가져왔다는 미라를 보니, 과연 이곳이 도서관인지 박물관 또는 기록관인지 아니면 보물창고인지 도무지 분간하기가 어려울 지경이었다.

도서관 밖으로 나오자 페터 씨가 특별히 눈여겨본 곳을 보여주겠다고 했다. 장크트갈렌 수도원을 만든 건축가 텀브와 페터가 직접 만들어 이곳과는 형제지간이라 할 수 있는 박물관을 꼭 봐야 한다는 것이다. 여행을 같이하면서, 그도 어느새 반쯤은 도서관 전문가가 된 것 같았다.

그가 말한 박물관은 장크트갈렌에서 180킬로미터 떨어져 있는 독일 남단 퓌센에 있다. 당초 일정에는 포함되어 있지 않았지만, 다음 목적지에 가려면 어차피 그곳을 지나야 해서 가는 김에 들르기로 했다.

장크트갈렌 수도원도서관의 책들은 모두 철망 문으로 잠가놓았다.

로맨틱 가도를 지나 퓌센으로

퓌센은 독일 '로맨틱 가도'의 종점으로, 한국의 여행객들이 하이델베르크 다음으로 선호하는 곳 중 하나다. 마인 강변의 뷔르츠부르크에서 뮌헨 남서쪽 퓌센까지 잇는 로맨틱 가도는 독일과 이탈리아를 연결하는 중세의 교역로였다. 이름 때문에 보통 '낭만적인 길'로 생각하기 쉽지만, 사실은 '로마로 가는 길'이란 뜻이다.

알프스가 시작되는 고도 퓌센 가까이, 로맨틱 가도 끝자락에 슈반가우라는 조그마한 마을이 있다. 여기에는 1880년대 바이에른 왕국의 군주였던 루트비히 2세가 17년의 세월과 막대한 비용을 들여 자신의 꿈을 실현시키고자 혼신을 다해 축조한 아름다운 고성이 있다.

왕은 바그너의 오페라를 사랑한 나머지 바그너의 작품에 등장하는 '백조의 왕자 로엔그린'처럼 행동하면서 성 내부를 온통 바그너 오페라의 등장인물로 장식했다. 100개의 백조 조형물과 1,800개의 촛불로 내부를 꾸며 옛 정취를 물씬 풍기는 낭만적인 곳이다.

이 성을 대부분의 여행책자에서는 부르기 좋고 기억하기 쉽도록 '백조의 성'이라 지칭하고 있는데, 정식 명칭은 '노이슈반슈타인 궁성'이다. 이곳은 디즈니의 만화영화 「잠자는 숲 속의 공주」의 성이기도 하고, 디즈니랜드의 상징이자 판타지랜드의 모델이 되기도 한다. 바이에른 알프스와 주위의 호수가 기막히게 어우러지는 이 성은 보는 각도에 따라 성의 형태가 달라 어느 방향에서 보아도 황홀한 광경을 선사한다. 왕과 신하들이 기거하던 각 방과 침실, 식당,

주방 들을 그대로 보여주고, 내부구조도 워낙 아름다워서 독일의 관광 엽서와 달력 등에 빠짐없이 등장하는 명소 중에 명소다.

이 백조의 성이 그대로 비치는 호숫가에 뮤지컬을 공연하는 전용극장이 있다. 그곳에서 1년 내내 저녁 7시 30분에 한 차례씩 「루트비히 2」Ludwig II를 공연한다. 이 공연은 한두 달 하고 끝나는 것이 아닌데도 예약을 하지 않으면 쉽게 볼 수 없다.

페터 씨 내외는 옛날에 한 번 보았다고 했지만, 나는 평생에 이런 기회가 또 올까 싶어서 동행하기를 권했다. 전쟁을 싫어하고 바그너의 음악에 심취해 있으며 예술에 탐닉하는 왕 루트비히 2세와 옛 애인의 사랑과 광기를 그린 이 뮤지컬은, 그가 아름다운 성채를 지은 후 불과 몇 달밖에 살지 못하고 의문의 죽음을 맞이하는 미스터리한 내용을 줄거리로 하고 있다.

뮤지컬 전용극장답게 시설뿐만 아니라 음향, 조명, 연출기법이 매우 돋보이고 출연자들의 노래가 너무 좋아 1인당 30~80유로의 입장권이 결코 아깝지 않다는 생각이 들었다. 독일의 한 벽촌 산속에 파묻혀 있는 극장이 휴가철도 아닌 6월 초순, 그것도 평일인 수요일에 관객들로 가득 차 있다는 사실도 나에게는 뮤지컬 내용만큼이나 미스터리한 사건으로 비쳤다.

꿈처럼 아름다운 풍경을 뒤로하고, 퓌센 시립박물관을 찾았다. 유럽에는 박물관이 상당히 많다. 프라하와 빈처럼 도시 전체가 박물관일 수도 있고, 어린이용 조그마한 실내 놀이터에도 박물관 간판을 단다. 이곳 퓌센도 시가지 전체가 문화유적과 박물관으로 가득 차 있다.

인구 2만 4,000명의 이 소도시는 830년 수도원 창건 후 이를 중심으로 시가지가 형성되고 성장해왔으나 오랫동안 세월의 격랑 속에 파묻혀 있었다. 도시가 활기를 되찾은 것은 1960년 시가 수도원을 보수하면서 옛 수도원의 원형을 비롯한 많은 유적들을 발견하면서부터다. 발굴작업은 지금도 계속되고 있어 우리는 철판으로 덮인 유적지를 밟으면서 돌아다녀야 했다.

유럽의 박물관에 갈 때마다 느끼는 것인데 이곳이 과연 도서관인지 기록관인지 혼란스러울 때가 많다. 퓌센 시립박물관도 마찬가지다. 루트비히 2세와 관련된 자료, 그때 당시의 주민생활을 엿볼 수 있는 자료 등을 보면 분명히 박물관인데, 그 한가운데에는 도서관 간판을 달아 도서관이 박물관의 중심임을 알려주고 있다.

장크트갈렌 수도원도서관과 다른 점이 있다면, 이곳은 사진촬영이 허용되고 책을 마음대로 볼 수 있다는 것이다. 여기는 모든 책이 개방되어 있어서 현대 도서관처럼 쉽게 접근이 가능하고 자료를 이용할 수 있다.

정문에는, 오늘날 교회와 도서관에게 함께 요구할 수 있는 경구 "죄악에서 헤어나오려면 배워서 깨달아라"라는 말이 라틴어로 씌어 있다. 지식의 깨달음은 도서관을 통해서 얻을 수 있다는 이야기로 해석해도 될 것 같다.

도서관의 큰 홀은 2층 구조인데, 1층과 2층이 완전히 오픈된 것

퓌센 시립박물관의 도서관 입구. 문 위에 "죄악에서 헤어나오려면 배워서 깨달아라"라는 글귀가 있다.

이 아니라 아름다운 마루를 깔고 가운데를 지름 3미터 정도의 타원형으로 큰 구멍을 뚫어놓았다. 옆에는 그 타원형과 모양과 크기가 비슷한 두꺼운 나무판을 세워두었다. 화려한 성화를 그려놓은 이 나무판의 용도를 묻지 않았다면, 그것이 바로 2층 바닥을 덮는 뚜껑이라는 것을 모를 뻔했다.

수도사들에게는 『성경』을 읽고 공부하며 필사하는 것이 주요 덕목이었다. 공부할 때마다 덩그렇게 높은 도서관을 오르내리려면 불

2층 중앙에 있는 타원형 구멍은 뚜껑으로 여닫을 수가 있어서
실내온도를 조절하는 데 도움이 된다. 왼쪽에 성화를 그려놓은 뚜껑이 보인다.

편함도 따랐을 것이다. 그래서 지혜를 발휘해 1층은 식당으로 쓰
고, 2층은 도서관으로 개조했던 것이다.

아래층은 신체를 상징하여 먹을 것을 구하도록 하고, 위층은 정
신을 상징하여 지식을 찾도록, 즉 몸과 영혼을 위해 아래와 위로 구
분해놓았다. 연료가 부족해 겨울에는 항상 추웠던 수도원은 여름에
는 뚜껑을 열고 겨울에는 덮어 열효율을 극대화했다. 훌륭한 예술
작품으로서도 손색이 없는 그 뚜껑은 사물을 다목적으로 활용하는
지혜의 극치를 보여준다.

이 도서관은 주요 장서를 이웃의 아우크스부르크대학도서관에 이관하고 남은 것들만 보관하고 있다. 남은 것들이라고는 하지만 여기에 보관된 장서들도 예사롭지가 않아서 책을 펴고 직접 확인해 보니, 모두가 1800년 후반에서 1900년대 초에 간행된 100년 이상 된 고서였다. 우리 같으면 이것도 희귀도서 내지 귀중도서로 대접을 받으련만, 이곳에서는 자유롭게 개방을 하고 있었다. 직접 볼 수 있는 것은 좋았지만, 어쩐지 책을 허술하게 보관하고 또 함부로 취급하는 것 같아서 마음이 편치 않았다. 하기야 유럽에서는 그 이상의 고서들이 많다 보니까 그럴 수도 있겠지만 내게는 모두가 귀하고 소중해 보였다.

여행을 하다 보면 의외의 행운을 만날 때가 있다. 저녁을 먹은 후 거리를 산책하다가 우연한 기회에 골동품과 헌책을 파는 가게를 발견해 둘러보다가 독일의 역사학자 빈프리드 뢰쉬부르크가 쓴 『유럽의 옛 도서관』*Alte Bibliotheken in Europa*이라는 책이 눈에 들어왔다. 37년 전에 출판¹⁹⁷⁴된 것이지만 매우 아름답기로 유명한 이 책은 독일이 통일되기 전, 출판의 도시라 불리는 동독의 라이프치히에서 사회주의 국가의 인쇄기술을 자랑하기 위해 국가가 심혈을 기울여 _{공산국가에서는 국가가 직접 출판을 관장했다} 만든 것으로 당시로선 보기 힘든 컬러사진까지 곁들였다.

이 책에는 내가 이곳으로 여행을 온 이유, 즉 보고자 하는 도서관들이 고스란히 담겨 있었다. 제각기 긴 역사와 화려함을 자랑하는 유럽 각국의 도서관 53곳을 컬러사진과 삽화 들을 곁들여 역사와 현황을 자세히 소개하고 있는데, 그중 수도원도서관이 20개 관, 왕족과 귀족이 세운 도서관이 15개 관, 대학도서관이 6개 관이고, 국립도서관이 3개 관, 나머지는 공공 및 기타 도서관이다.

나에게는 진귀한 보물이나 다름없는 이 책을 단돈 2유로^{3,000원}에 얻을 수 있다니, 정말 기쁘기 짝이 없었다. 주인이 없는 가게에서, 빈 상자에 돈을 던져넣는 순간 나는 정말 행복했다.

Klosterhof 6D, Postfach CH-9004, St. Gallen, Switzerland
http://www.stiftsbibliothek.ch

13 프라하 중심에 세운 지식의 이정표

체코 국립도서관

직지상의 첫 번째 수상자

지난 2001년, 현존하는 것 가운데 세계에서 가장 오래된 금속활자본 『직지』원명은 백운화상초록불조직지심체요절白雲和尚抄錄佛祖直指心體要節, 1377가 유네스코의 세계기록유산으로 등재되었다. 이를 기념해 우리나라 정부와 청주 시가 주체가 되어 '직지상'을 제정했고, 이상의 제1회2005 수상자로 체코 국립도서관이 선정되었다.

직지상은 인류 기록문화유산의 보존과 활용에 크게 공헌한 개인이나 단체에게 수여하며, 2년마다 청주 시가 제정한 '직지의 날'에 시상하고 상금으로 미화 3만 달러를 준다. 제1회 직지상 후보로 체코 국립도서관 외에도 오스트리아 국립도서관, 컬럼비아 주정부, 인도 국가기록원 등 7개국이 올랐지만, 유네스코 집행위원회에서는 이 가운데 기록의 보존관리와 향후 발전 가능성이 높다고 평가된 체코 국립도서관을 수상자로 결정했다.

볼타바 강 카를 교를 지나 '화약문' 탑 바로 뒤에 체코 국립도서관이 있다.

내가 체코 국립도서관을 찾아간 것은 수상 여부가 결정되기 전인 2005년 6월 중순이었다. 방문하겠다고 메일을 보낸 여러 도서관 중 반갑게도 이 도서관의 외무과 수잔코바 박사가 제일 먼저 회신을 주었다. 대체로 이런 메일은 받는 쪽에서 별로 달가워하지 않는데, 이곳은 예상 외로 환영을 표하고 사진촬영 조건도 까다롭지 않아 편안한 마음으로 찾아갈 수 있었다.

나에게 메일을 보낸 수잔코바 씨는 단정한 노부인이었다. 그녀는 진정으로 우리를 환영하며 가급적 많은 것을 보여주려 했고, 관련 책자와 사진, 리플릿도 가능한 모두 주려 했다. 그녀가 보여준 성의만 가지고도 체코 국립도서관이 '직지상'을 받을 만한 자격이 충분하다고 여겨졌다.

체코의 수도 프라하는 중세의 모습을 그대로 간직하고 있어 도시 전체가 박물관이라 할 수 있다. 천 년 이상의 역사를 간직한 이 고도에는 갖가지 양식의 건축물들이 즐비하고, 아름다운 중세의 기풍이 도시 곳곳에 그대로 스며 있다. 1989년 프라하는 도시 전체가 유네스코 세계문화유산으로 지정되었고, 해마다 1억 명의 여행객이 찾고 있다.

이렇듯 아름다운 도시지만 그 이면에는 비극의 역사가 흐른다. 프라하는 15세기 후스 전쟁^{1419~34년} 사이 보헤미아의 후스파가 종교상의 차이로 독일 황제와 벌인 전쟁, 30년 전쟁, 제1·2차 세계대전, 1968년 민주 자유화운동으로 일컫는 '프라하의 봄'에서 구소련과 바르샤바 조약기구 군대의 침입, 그리고 1989년 체코와 슬로바키아로 국가가

도서관으로 들어가는 성 벽문.

양분된 벨벳혁명에 이르기까지 온갖 고난과 수난을 겪어왔다.

　이곳 프라하는 블타바 강Vltava: 몰다우 강이라 부르기도 한다 동쪽의 신시가와 구시가, 강 서쪽의 프라하 성과 소지구로 나뉜다. 프라하 관광의 핵심이 되는 구시가 광장에 있는 구 시청사 천문 시계탑과 가까운 곳에 블타바 강을 가로지르는 카를 교가 있다. 카를 4세 때인 1357년부터 놓기 시작해 1406년에 완공된 길이 520미터, 폭 10미터의 이 다리는 보행자 전용이라 양쪽 난간에 있는 30개의 성상을 직접 만져보고 프라하 성과 시가지를 구경하려는 사람들로 넘쳐난다. 바로 이 다리 입구에 있는 '화약문'이라는 탑 앞에 체코 국립도서관이 있다.

그런데 우리는 그 탑 아래 도서관 코앞에 서서, 한참 동안 도서관을 찾지 못해 헤매고 말았다. 연신 지도를 들여다보고 주위를 맴돌면서 지나가는 사람들에게 물어보았지만, 시원하게 대답해주는 이가 한 명도 없었다. 왜 그랬을까? 그것은 '국립도서관'이라는 간판이 없기 때문이었다. 누구든 체코 국립도서관에 가려면 '클레멘티눔'이란 간판을 먼저 찾지 않으면 안 된다.

도서관과 박물관을 하나로, 클레멘티눔

클레멘티눔은 성 클레멘트가 세운 교회를 중심으로 도서관을 포함해서 박물관과 천체관측소, 그리고 연구 및 교육기관 등을 복합적으로 구성한 시설물 전체라고 보면 된다. 최근 우리나라에도 삼성의 이건희 회장이 개인 박물관 겸 미술관을 만들어 그 명칭을 '리움'Leeum으로 지은 것처럼 클레멘티눔의 뜻도 그렇게 이해하면 된다. 언젠가 내가 꼭 가보리라 점찍어둔, 미국 보스턴의 애서니움Athenaeum도 아테나Athena와 움Um: 뮤즈의 집의 합성어로서 고급 사교클럽 또는 문고, 도서관을 뜻한다.

박물관을 우리말 그대로 직역하면, 온갖 잡동사니를 펼쳐놓은 시설 및 건물을 말하지만 원어의 뜻은 다르다. 박물관을 가리키는 무제움Museum은 그리스어 무제이온Museion에서 비롯된 것으로, 학예를 관장하는 아홉 뮤즈의 전당을 지칭한다. 그곳은 과거의 신성한 지혜와 유산을 보존하는 성소이며, 동시에 옛 사람들의 삶의 흔적

클레멘티눔 간판. 국립도서관으로 가려면 반드시 이 간판을 찾아야 한다.

을 보존해 우리에게 전할 수 있는 적절한 의미를 끊임없이 창조해내는 기관이다. 다시 말하면, 잡동사니를 쌓아두는 밀폐된 창고가 아니라 역동적인 변화를 일구어내는 장인 것이다.

무제이온은 원래 기원전 290년경에 이집트의 알렉산드리아에 설립된 일종의 연구 및 교육 센터였다. 뮤즈들에게 봉헌된 이 기관은 도서관을 비롯한 천체관측소와 다양한 연구 및 교육시설로 이루어졌으며 귀한 수집품을 보유했다. 성물과 필사본 같은 책들을 간직하고 수도사들을 길러내던 중세 수도원도 같은 맥락에서 이해할 수 있다.

이런 의미에서 중세의 박물관과 도서관은 같은 뿌리에서 탄생한 일란성 쌍둥이라 할 수 있다. 체코에 있는 클레멘티눔이 바로 그 증거이며, 수도원도서관이나 옛 도서관을 돌아보면 과연 이곳이 도서관인지, 아니면 박물관인지 구별하기 어려운 것도 이런 연유 때문이다.

클레멘티눔은 보헤미아의 왕 페르디난드 1세가 반 후스파 세력으로 가톨릭 예수회를 초청해 1556년 수도원을 설립한 것이 그 출발점이다. 그는 오스트리아 합스부르크 왕가의 비호를 받으며 2헥타르에 달하는 드넓은 대지에 3개의 성당과 천문대, 그리고 박물관을 겸한 도서관을 세웠다.

원래 이곳은 1601년에 건립된 세비어 교회와 인접한 단순한 교육기관 자리였는데, 클레멘티눔을 짓기 위해 이곳에 있는 교회 3곳과 30여 채의 가옥을 철거하고 체코와 이탈리아 건축가들이 한 세기 동안의 계획과 설계를 거쳐 1721년부터 1727년 사이에 완성한 것으로 프라하 바로크 예술의 극치를 보여준다.

이 도서관은 체코에서 가장 오래된 공공도서관 중 하나로 그 역사와 규모는 비교할 대상이 없을 정도이며, 소장한 장서의 가치는 세계적으로 인정받고 있다. 특히 보헤미아 관련 자료, 사회과학 및 자연과학 분야의 풍부한 장서를 수집, 보존, 갱신하고 있으며, 이 자료들은 누구나 쉽게 접근할 수 있다.

도서관이 소장하고 있는 역사적 보물로는 카를 4세가 프라하 대학에 기증한 필사본, 1085년 보헤미아의 초대 왕 브라티스라브의 대관식을 위해 만든 뷔세흐라드^Vyšehrad 코덱스, 1260년의 세들렉^Sedlec 성가집, 1312년 프라하 궁내에 위치한 성 게오르게 수도원 필사실에서 만든 수녀원장 쿤후타의 순교자 수난기, 14세기 중반 벨

리슬라브^{Velislav}의 『성서』 화보, 타이코 브라헤^{Tycho de Brahe} 도서관의 잔존 자료, 종려나무 잎에 기록한 코메니아나^{Comeniana}, 페르시아, 아라비아의 필사본과 도서들, 체코 역사상 저명한 인물들이 유산으로 증여한 장서들, 그리고 모차르트의 악보와 음악 자료 등이 있다.

그밖에 별도로 슬라브의 역사, 철학, 정치학 관련 자료, 슬라브 시와 소설 등 대규모 장서를 갖춘 슬라브 문고가 있다. 이 문고는 페테르부르크의 출판업자 스미르딘이 소유했던 장서의 일부분과 라구시아나^{Ragusiana} 필사본, 1918년 이후 러시아 망명자들이 가져온 자료 등 희귀한 자료들이 상당수 포함되어 있다.

살아 움직이는 아름다운 과거

클레멘티눔은 오스트리아 빈의 국립도서관처럼 도시 한가운데, 그것도 황금자리를 차지하고 있다. 이곳은 프라하에서 가장 규모가 크고 아름다운 바로크 양식 건물 그룹으로 도서관을 비롯한 천문대와 에스타테 기술학교^{체코공과대학 전신}, 그리고 모차르트 기념관과 같은 구조물이 서로 연결되어 있어 가장 중요한 기념 건축물에 속한다.

클레멘티눔의 전체 건물이 사실상 도서관의 목적을 위해 사용된다는 것은 그 건물 내에서 수세기에 걸쳐 이루어진 교육활동의 결과라 할 수 있다. 이러한 국가의 문화적 안목은 미래에도 계속 이어질 것이 분명하다.

클레멘티눔은 정확하게 4만 평방미터에 달하는 직사각형의 넓은 땅을 차지하고 있다. 입구로 들어서면 천체관측탑 꼭대기에 지구를 등에 지고 서 있는 아틀라스 조각상이 눈에 들어온다. 그 옆에는 시계탑이 있고, 도서관으로 가는 길 옆 벽에는 해시계 그림이 돌출되어 있다.

이 관측탑을 중심으로 정사각형으로 나누어진 정원을 돌아 조금 더 가면 도서관이 나타난다. 이 도서관은 지금 국립도서관이자 공공도서관을 겸하고 있어 클레멘티눔에서 공부하는 학생들과 일반 시민 들에게 정보봉사와 열람업무를 수행하고 있다.

그러나 내가 보고자 하는 것은 이것이 아니고 그들이 보물로 간직하고 있는 바로크 홀과 진귀한 책들, 그리고 중세 때 만든 장엄한 도서관 시설이다. 우리를 안내하는 수잔코바 씨가 이것을 모를 리 없다. 그녀는 한참이 지난 후, 크고 작은 열쇠뭉치를 한 아름 들고 왔다.

구중궁궐처럼 열고 또 열어도 자꾸 나타나는 몇 개의 문을 지나 우리가 도착한 곳은 거의 완벽하게 불빛이 차단된 캄캄한 큰 홀이었다. 불을 켜고 나서도 어둠에 익숙해진 눈 때문에 한참 뒤에 떠오르는 바로크 홀은 장관이었다. 대리석 모자이크로 장식한 바닥, 꼬인 나무기둥, 요철로 장식된 회랑, 도금된 철제 난간, 기둥머리의 금장식, 그리고 다른 도서관보다 훨씬 많고 큰 지구의는 공간을 더욱 빛내고 있으며 그밖의 장식품들도 모두 진귀해 보였다.

시선을 천장으로 돌리면, 신앙과 삶을 보여주는 다양한 형상들로

클레멘티눔 건물. 첨탑 위에 지구를 어깨에 지고 있는 아틀라스가 보인다.

클레멘티눔 천장에는
신앙과 삶을 보여주는 다양한
그림이 가득하다.

바로크 홀에 가려면 한 움큼의 열쇠가 필요하다.

가득해 마치 3차원의 그림을 보는 것 같다. 바닥 한가운데 줄지어 있는 천구의·지구의를 지나 북쪽 벽면에는 뮤즈들이 있고, 또 남쪽에는 모세와 엘리야 사이에 예수님이 보인다. 창문들은 체사레 리파가 제작한 진리, 지혜 등의 테마를 담은 326개의 모형이 장식되어 있다. 270, 271쪽 사진 참조.

산 속에 있으면 산이 보이지 않듯이, 건물 안에 들어가 있으면 전체의 크기와 규모를 가늠할 수 없다. 그것을 알려주기 위해서인지, 수잔코바 씨는 우리를 데리고 천문대의 가장 높은 곳까지 올라갔다. 지은 지 300년1721~27년에 건조이 다 되어가는 건물은 발걸음을 옮길 때마다 삐걱거리고 바닥과 난간들은 곧 내려앉을 것만 같았

화려하게 꼬여 있는 나무기둥은 이 도서관에서만 볼 수 있는 특이한 장식이다.

다. 옥상으로 가는 길을 막고 있는 뚜껑을 두 차례나 어깨로 밀어내고 10여 층을 올라서서 도시 전체를 내려다보니, 내가 지금 프라하의 심장부에 와 있다는 것을 실감할 수 있었다.

저 멀리 프라하 성이 보이고 카를 교와 블타바 강의 유람선들, 그리고 시가지가 한눈에 들어온다. 클레멘티눔의 전체 규모와 주황색을 띤 지붕들이 고풍스럽게 빛나고 있는 장관을 보니 그 옛날 화려했던 보헤미아의 문화와 건축술을 조금이나마 알 것 같았다.

나는 잠시 눈을 감았다. 100여 년 전, 광화문 앞의 육조 거리가 떠올랐기 때문이다. 흑백사진처럼 투영된 그 거리에는 장작을 가득 실은 소달구지가 보이고, 그 옆에 지게를 벗어놓고 헐벗은 옷에 곰

보헤미아 왕국은 천문학이 발달해서 유난히 천구의나 지구의 같은 것들이 많이 전해진다.

방대를 물고 잠시 쉬고 있는 지친 촌로의 얼굴이 클로즈업되었다. 그 뒤에는 불과 2~3층 높이의 광화문이 서 있을 뿐 주위는 온통 납작한 초가지붕밖에 보이지 않았다.

아니 시간을 더 멀리할 것도 없다. 불과 반세기 전, 내 어린 시절을 회상했다. 움막 같은 판잣집에서 전깃불도 없이 책상 위 호롱불 앞에서 졸다가 눈썹을 태워가며 공부하던 그 시절이 떠올랐다. 그랬던 내가 지금 프라하 심장부에서 300년 전 찬란했던 보헤미안들의 삶을 내려다보고 있다니.

시가지를 누비는 관광객 중 상당수를 차지하는 우리의 젊은 학생들과 배낭족, 주위에 아랑곳없이 우리말로 목청껏 떠들어대는 체코

10층 천문대에서 내려다본 시가지. 저 멀리 프라하 성과 성당 들이 보인다.

의 아저씨와 아줌마들, 이들에게 수공품을 하나라도 더 팔아보려고 서투른 한국말로 호객하는 프라하 사람들을 보며, 새삼 대한민국 국민임이 자랑스러웠다.

이곳에 전통과 현대를 담은 국립도서관을 설립한 것은 그리 오래되지 않은 1990년이다. 새로 출발한 국립도서관은 국가장서 보존 프로그램을 개발하기 위해 마이크로필름, 디지털 처리 및 총체적인 보호에 중점을 두고 필사본과 도서를 보호하기 위한 계획에 착수했다.

1993년에서 1995년 사이에 체코 정부는 체코공화국 국립도서관의 중앙서고를 건설하기 위해 건축 부지와 기금을 제공했다. 그때까지는 적절하지 않은 건물에 보관되었던 도서를 호스티바 Hostivař의 새로운 중앙서고로 이관하면서 시작된 이 역사적 행사는 1996년 1월에 이루어졌다.

20세기 중반 이래로 카드 목록과 서지 리스트를 전자형태로 변환하는 일은 도서관에서 가장 먼저 수행해야 할 업무였다. 이곳 국립도서관의 주요목록^{전체 500만 장의 카드를 포함}에 있는 자료들은 스캔을 거쳐 디지털화해서 인터넷을 통해 접근할 수 있다.

1992년 이 국립도서관은 역사적인 희귀장서의 전산화 작업을 시작했다. 이는 유네스코 세계기록유산으로 등록하기 위한 프로젝트의 일환으로 이루어진 것이다. 나아가 유네스코가 제시한 조건을 모두 수용하여 디지털 문서화 작업을 위한 프로젝트가 1999년 유네스코에 채택되기도 했다.

그 후, 디지털 기술은 더욱 발전했고 디지털 자료는 국립도서관 내에서도 계속 증가하고 있다. 'Memoriae Mundi Series Bohemica'라는 제목으로 만드는 간행물의 디지털 자료는 총 1,000여 건에 달한다.

체코 국립도서관은 19세기 이후, 냉전이 끝나기까지 내내 재원 부족으로 고충을 겪었지만 지금은 국내외 후원자들로부터 많은 지원을 받아 옛 건물의 복원과 수리, 자료 처리 과정의 현대화, 그리고 이용자에 대한 서비스 개선 등 많은 노력을 하고 있다. 그밖에도 바로크 홀과 천문대를 복원해 시민에게 개방하고 있으며, 클레멘티눔의 역사 전체를 아우르도록 과거의 영화를 재건하기 위해 준비하고 있다.

현재 클레멘티눔과 호스티바 중앙서고는 600만 권의 장서를 확보했고, 440여 명의 사서와 직원이 있다. 500석의 열람석 중 5분의 1 정도는 컴퓨터, 복사, 시청각 기술 장비를 갖추고 있으며, 매년 100만 명이 이곳을 찾는다.

체코 국립도서관은 인쇄물, 전산기록물, 시청각 자료 등 어떤 형태로든 체코 내에서 간행된 것이면 모두 수집하고 보존해 체코 시민과 외국인 방문자 모두에게 서비스하고 있다. 도서관 이용을 위한 유일한 조건은 18세 이상일 것, 그리고 입장료를 지불하는 것이다.

여담이지만, 체코를 비롯해 유럽을 여행하면서 불만스러웠던 것이 두 가지가 있다. 하나는 어디를 가든 화장실 이용이 유료라는 것이다. 고속도로 휴게소나 공원, 심지어 식당에서도 식사를 하지 않으면 반드시 돈을 내야 한다. 또 하나는 모든 도서관이 입장료를 받는다는 것이다. 입장료는 한 사람당 적게는 2.5유로에서 8유로로, 나라마다 관종마다 제각기 달랐다. 우리도 한때는 공공도서관에서 운영에 보탬이 된다 하여 입장료를 받은 적이 있으나 이것이 유네스코 헌장과 도서관 정신에 위배된다고 해서 없앴다. 유럽에는 우리보다 잘사는 나라도 있고 또 못사는 나라도 있다. 그런데 우리보

다 잘사는 나라에서 국가에 세금을 내는 이용자들에게 입장료를 물
게 한다는 것은 아무리 생각해봐도 이해할 수 없는 일이다.

Klementinum 190, 110 00 Prague 1, Czech Republic
http://www.nkp.cz

14 미국 역사를 살아 있는 그대로
부시 대통령도서관

값을 따질 수 없는 미국 역사의 보고

2005년 8월 4일 미국 우정국은 '대통령도서관법' 제정 50주년을 기념하는 우표를 발행했다.

37센트짜리인 이 우표는 미국 국내용으로 흔하고 값도 싸서 편지를 쓰는 사람이면 누구나 알아볼 수 있도록 디자인도 간결하다. 국내외를 막론하고 대통령 개인의 기념우표는 너무 많이 발행되어 특별할 것도 없지만, 대통령도서관에 관한 기념우표는 이것이 처음이 아닐까 한다.

대통령도서관이라는 용어 자체가 미국에서 처음 나왔고, 실제 이 이름을 사용하고 있는 도서관도 미국에만 있다. 2003년 2월 25일 아시아에서 처음으로 한국에 '김대중 도서관'이 생기기도 했지만 말이다.

우표가 발행되는 날, 미국 전역에 있는 12개의 대통령도서관에

서는 이를 축하하는 행사가 열렸다. 가장 최근에 자신의 기념도서
관을 개관한 빌 클린턴 전 대통령은 이 행사에 참석해서 "대통령도
서관은 값을 따질 수 없는 미국 역사의 보고"라고 힘주어 말했다.
그만큼 중요한 국가의 유산들이 대통령도서관에 모여 있다는 이야
기다.

루스벨트부터 클린턴까지

2004년 11월 18일, 클린턴 전 대통령은 전통에 따라 그의 고향
인 아칸소 주 리틀록에서 12번째로 대통령도서관을 개관했다. 이
건물은 크고 작은 14개의 방으로 구성되어 있는데, 방마다 그의 재
임 시 생산된 여러 가지 문서와 통치사료 들로 가득 차 있다.

약 200만 장의 사진과 종이문서 7,600만 점, 저자의 서명이 들어
간 1만 4,000여 권의 책을 비롯해서 그가 즐겨 부르는 색소폰을 포
함, 그가 직접 수집한 엘비스 프레슬리 기념품과 아라파트 팔레스
타인 자치정부 수반이 선물한 성모 마리아의 그림 등 7만 5,000점
이 전시되고 있어 소장 규모로 치면 역대 대통령 기념시설 가운데
가장 크다.

클린턴이 대통령 재임 기간[1993~2001] 동안 생산하고 수집한 자료
를 보존할 도서관을 개관하는 행사에는 조지 부시 대통령 내외와
아버지인 부시 전 대통령 및 지미 카터 전 대통령 내외, 김영삼 전
대통령을 비롯해 국내외 귀빈, 그리고 아칸소 주민 등 3만여 명이
참석했다.

궂은비가 내리는 가운데 진행된 행사에서 전·현식 대통령은 입을 모아 그를 칭송했다. 부시 대통령은 축사에서 "클린턴은 단순히 훌륭한 정치인을 넘어선 개혁자이자 진지한 정책가이며 위대한 열정을 지닌 사람"이라고 치켜세우고, "만일 그가 '타이타닉'이었다면 빙산을 가라앉혔을 것"이라고 말해 좌중을 웃겼다.

10여 년 전, 나는 우연찮게 존슨 도서관을 둘러볼 기회가 있었다. 그때 감탄과 부러움 속에 도서관을 돌아보면서 여기 외에도 다른 대통령도서관을 둘러보고 연구해보고 싶다는 생각을 했다.

존슨 도서관은 텍사스 주도인 오스틴의 텍사스대학 캠퍼스 안에 있는데, 정방형의 8층 건물로 밖에서 보면 마치 커다란 쌀뒤주를 세워놓은 것처럼 볼품이 없다. 그러나 안에 들어가면 이야기가 달라진다.

1층 정문에 들어서면 최근 미국을 이끈 13명의 역대 대통령과 주요 인물들을 새긴 15미터 길이의 동판벽화를 볼 수 있다. 가까이서 보면 추상화 같고 적당한 거리를 두고 보면 생생하게 입체감이 살아나는 작품이다.

벽화 상단부에는 그와 관련된 4,000만 페이지에 달하는 역사적 기록물이 붉은색 파일상자에 4층으로 쌓여 기념관의 전면을 장식하고 있다. 한쪽 홀에는 대통령 재직 시 활동 모습과 일대기를 보여주는 시청각 자료가 계속해서 재생되고 있으며, 양 벽면에는 대통령과 영부인의 어릴 적 모습부터 성장기와 결혼생활 등 일대기를 커다란 사진에 담아놓았다.

부시 대통령 도서관 전경.

미국대통령도서관법
제정 50주년을 기념해
발행된 37센트 우표.

기념관 내부에는 사진뿐만 아니라 재임 당시 대통령 전용차로 사용하던 1968년산 스트레치 리무진과 헨리 포드 2세가 기증하여 가족용으로 쓰던 모델 1910 T형 포드 자동차도 실물을 그대로 진열하고 있다.

다른 방에는 전국 각지에서 미국 국민이 보내온 그들 집안의 가보와 수제품을 가지런히 모아 전시하고 있으며, 또 다른 방에는 세계 각국 원수들이 선물한 값진 물건을 전시하고 있는데 한쪽 귀퉁이에는 당시 박정희 최고회의 의장한테 받은 낡고 색이 바랜 붉은색 서류자개함도 있다.

존슨 대통령의 기념관은 모두 19개의 방으로 이루어져 있는데, 이처럼 방마다 특색 있게 꾸며져 있다. 그리고 10만 권의 장서와 3,400만 점의 문서를 소장하고 있어 미국 현대사를 공부하는 연구원과 학자뿐만 아니라 관광객을 포함해 연간 40만 명이 다녀가고 있다.

사람들의 발길이 끊이지 않는 것은 대통령의 자료를 완전히 공개하고, 이를 국민들이 관심으로 화답하고 있기 때문이라 볼 수 있지만, 방문객의 흥미를 유발할 수 있도록 세심한 곳까지 배려하는 점에 더 큰 이유가 있는 듯했다.

이를테면, 기념관 안에는 존슨의 부인 버드 여사의 소극장이 있어서 그녀의 전기 영화를 보여주며, 백악관에서 여사가 사용하던 가구와 식기, 컵 등을 그대로 옮겨놓았다. 뿐만 아니라 '대통령의 유머'라는 버튼을 누르면 존슨의 육성녹음을 들을 수 있어서 이곳을 찾는 이들에게 즐거움을 주고 있다.

미국 대통령도서관의 시초는 1940년 루스벨트 대통령도서관이다. 1952년 후버 대통령 이후부터는 대통령 기념도서관을 세우는 것은 거의 전통이 되었고, 이들 도서관은 일단 건립된 이후에는 모두 연방정부의 국립기록청이 운영을 맡는다.

대통령도서관의 건립지는 대개 대통령의 출생지나 그와 연고가 깊은 정치 활동지, 고향마을 또는 출신 대학 캠퍼스에 세운다. 레이건 도서관의 경우 캘리포니아의 작은 도시 시미 밸리에 있는데, 이곳은 그의 자택이 있는 벨에어와 목장이 있는 휴양지 산타바바라 중간 지점에 있으며 그가 "사후에는 이곳 언덕에 묻어달라"고 주문할 정도로 애착을 보인 곳이다.

지금까지 건립된 역대 대통령도서관의 설립 연대와 위치를 보면, 루스벨트 도서관은 1941년 뉴욕 하이드 파크, 후버 도서관은 1952년 아이오와 웨스트브렌치, 트루먼 도서관은 1957년 미주리 인디

마치 쌀뒤주를 세워놓은 것 같은 존슨 도서관 외부 모습.

펜던스, 아이젠하워 도서관은 1962년 캔사스 에빌린, 케네디 도서
관은 1979년 보스턴 컬럼비아 포인터, 포드 도서관은 1981년 앤
아버 미시간대학 캠퍼스, 카터 도서관은 1986년 조지아 애틀랜타,
부시 도서관은 1997년 텍사스칼리지 스테이션의 텍사스 에이앤엠
대학에 개관했다.

엄밀하게 말하면, 미국에는 모두 11개의 대통령도서관과 1개의
닉슨 프로젝트가 있다. 닉슨은 워터게이트 사건으로 불명예 퇴임했
기 때문에, 독자적인 도서관 명칭과 설립지역을 확보하지 못해 닉
슨 프로젝트라는 이름으로 워싱턴 D.C.의 국립기록청에서 별도로
보관·관리하고 있다.

미국 정부는 대통령도서관법 공포 50주년을 기념해, 2005년 12

존슨 도서관의 내부. 역대 대통령과 주요 인물들을 새겨놓은 15미터 길이의 동판벽화가
인상적이다.

월 말 이후부터 닉슨 프로젝트의 멍에를 벗고 한 단계 승격시켜
전통적 대통령도서관의 지위를 확보할 수 있도록 했다.

　미국의 대통령도서관 제도는 투명정부를 위한 필수요건으로 자
연스럽게 탄생했다. 1930년대 대통령의 핵심자료가 개인의 사유
물로 사장되는 것을 막고자 루스벨트 대통령이 그의 모든 기록물을
연방정부에 기증하면서 대통령도서관 시스템이 공식적으로 가동
되기 시작했다.

　미국의 대통령도서관은 특정한 정권이나 지역단체가 한시적으로
주도하는 사업이 아니다. 1955년 대통령도서관법을 제정해, 법률
에 따라 일을 추진하고, 이 법을 근거로 제정된 1978년 대통령기록

부시 대통령도서관을 안내하는 도로 표지판. 텍사스 에이앤엠대학으로 가는
고속도로와 일반도로에 들어서면 이런 간판이 수없이 나타난다.

물법과 1968년 개정된 기증품 제한기준에 따라 소장품을 전시하
고 있다. 그리고 특이한 것은 대통령도서관 설립에 드는 비용은 국
고의 지원이 없이 대통령이 개인적으로 모금하거나 독지가들의 후
원금으로 조성한다는 것이다. 또한 대통령이 백악관을 나서는 순간
그의 모든 자료는 연방정부에 귀속되도록 하고 있다.

물론 이곳은 단순히 기념비적 전시물과 개인숭배를 위한 박제된
자료를 비치하는 박물관이 아니다. 그렇다고 한 대통령의 시대와
관련되는 통치사료만을 갖추는 기록관도 아니다. 대통령도서관은
대통령과 관련된 기록물을 수집하고 관리하는 보존소를 겸하는 연
구 센터이자 접근과 이용을 도모하는 일종의 특수도서관이다.

대통령도서관은 도서와 문서를 함께 수집하고, 당해 대통령의 통
치사료와 파일 및 그와 관련된 국내외의 기록과 주변 인물들의 증
언을 한곳에 모아놓아 학자와 전문가, 그리고 관심 있는 사람들
에게 공개하며, 동시에 시민을 향해 '열린 도서관'으로 자리잡고

있다.

대통령의 임기는 한시적으로 끝나지만 이곳을 통해 그의 생애와 재임 당시의 업적을 영원히 기리고, 역사의 한 장면을 국민 앞에 그대로 보여줄 수 있다. 이러한 제도는 대통령이 재임 시 못다 한 일을 퇴임 후 국민에게 마지막으로 봉사하는 장치를 마련해줌으로써, 국민과 대화를 나누고, 이해의 가교를 놓는 통로 역할을 한다.

기념관이 아니라 도서관인 까닭

부시 대통령도서관조지 W. 부시 대통령의 아버지 도서관은 텍사스 주 칼리지 스테이션에 있는 텍사스 에이앤엠대학 캠퍼스 안에 있다. 나는 이 도서관에 세 번 다녀왔는데, 이곳의 면면을 보면 부시가 도서관에 얼마나 큰 관심을 갖고 있는지 알 수 있다.

대통령의 통치 스타일이 저마다 다르듯이 대통령도서관들도 각양각색이다. 부시 도서관은 존슨 도서관에 비해 외양이 화려하고 내부도 호화롭게 꾸며 부시의 개인 홍보실 같기도 하다. 부시가 공직생활에서 이룩한 모든 업적을 각 방마다 나누어서 전시하고, 대통령 전용기와 캠프 데이비드의 집무실 모형을 그대로 옮겨놓고 걸프전 당시 세웠던 '사막의 폭풍' 진지를 축소 재현해놓은 것이나, 4미터 높이의 '베를린 장벽' 실물을 그대로 옮겨놓은 것을 보면 대단하다는 생각이 든다. 그밖에도 대통령 재직 시 국민들로부터 선물받은 인형, 장난감 등 흥미로운 소품들도 많이 볼 수 있다.

전반적으로 부시 도서관은 외관과 전시물들이 다소 사치스러워

도서관 내부 홀과 걸프전 당시 '사막의 폭풍' 진지를 축소한 모형.

보였고, 애초의 대통령도서관 설치이념이 변질되어 약간이지만 한 개인의 홍보관처럼 보이는 것은 문제가 아닌가 싶었다. 그래도 이 도서관의 콘텐츠 속에는 도서관 본연의 기능이 숨어 있음을 알 수 있는데, 이는 바로 부시 여사의 공이라 할 수 있다.

『타임』에서 25년 동안 기자로 활동한 언론인 보니 앤젤로가 펴낸 책『대통령을 키운 어머니들: First Mothers』_{나무와 숲, 2001}을 보면 "그림자형 퍼스트 레이디였던 바버라 부시 여사는 다른 대통령들의 어머니들보다 구식이다. 하지만 교육 문제에 관해서는 가장 적극적이고 실천적인 어머니였다. 초등학교 때만 해도 난독증이었던 조지 W. 부시를 위해 매주 토요일 플래시 카드를 들고 읽기 연습을 시켰다"라는 내용이 나온다. 대통령의 아내이고, 또 아들을 대통령으로 키운 어머니로서 바버라 부시 여사의 일면을 알게 해주는 이야기다.

앤젤로는 출판사 초청으로 2001년 10월 31일에 우리나라에 왔

부시 도서관에 전시된 대통령 전용기 '에어포스 원'의 집무실과 캠프 데이비스의 휴양지 집무실.

다. 그는 기자회견에서 조지 W. 부시가 대통령이 되는 데 결정적인 역할을 한 인물은 어머니 바버라 부시 여사라며, 미국 대통령들에게 끼친 어머니들의 영향력을 새삼 강조했다.

그 어머니에 그 며느리라고 했던가. 부시 대통령의 부인 로라 부시 여사도 어린이 독서교육에 관심이 많다. 그녀가 고향 텍사스에서 사서로 지냈던 것도 연관이 있을 것이다.

1997년 11월 6일, 부시 도서관을 개관했을 때 미국에 생존하고 있는 역대 대통령 중 알츠하이머병을 앓고 있는 레이건 대통령을 제외한 대통령과 퍼스트 레이디가 모두 모여 축하하고 덕담을 나누었다. 모두들 이 장면을 부러워했지만 내가 보기에 더 부러웠던 것은 부시 여사가 도서관을 통해 어린이를 위한 독서교육 운동을 하고 있다는 점이었다.

바바라 부시 여사가 손수 운영한다는 재단으로 들어가면, 입구 왼쪽 벽면에 여사의 어록이 먼저 눈에 띈다. "가정은 우리 아이의 첫

바버라 부시 여사가 운영하는 가정교육재단.

번째 학교, 부모는 우리 아이의 첫 번째 선생님, 책 읽는 것은 우리
아이가 해야 할 첫 번째 숙제다" 이 글을 읽어보고 안으로 들어가면
먼저 도서관을 소개하는 전단지부터 나누어준다. 몇 가지 전단지 안
에는 '바버라 부시 가정교육재단'www.barbarabush-foundation.com을 운영
한다는 안내서가 있다. 전단 첫머리에는 부시 여사가 인사말과 함께
'왜 같이 읽어야 하는가' '소리 내어 읽는 비결' 등의 주제로 쓴 간
단한 글이 실려 있다.

　이 전단지를 대수롭지 않게 보고 그대로 접어두었는데, 어느 날
우연히 다시 볼 기회가 있어 자세히 보니 예사로운 내용이 아니었
다. 그것은 부시 여사가 교육 및 아동심리 전문가들의 도움을 받아
자신이 직접 쓴 어린이 독서교육을 위한 일종의 지침서였다. 간단

부시 여사의 재단 입구에 들어서면 처음 보이는 문구.

한 문장으로 사례를 들어가며 이해하기 쉽도록 기술한 글을 보니, 혼자 알고 넘기기에는 아까울 정도로 중요한 정보가 가득했다.

새삼스럽게 온 사회가 어린이 독서교육을 중시하고 있는 요즘, 독서 전문가들이 왜 당신의 자녀에게 책을 읽어주어야 하는가를 설명하기에 유익할 뿐 아니라 한국의 젊은 엄마들에게도 도움이 될 만한 내용이다.

왜 같이 읽어야 하는가?

1 책을 읽어준 아이들은 그렇지 않은 아이들보다 훨씬 더 쉽게 배운다.

2 아이들에게 책을 읽어주는 것은 그들의 호기심, 상상력, 그리고 어휘력을 늘리는 데 도움이 된다. 집중력을 길러주고, 사고력을 증진시

부시 여사의 재단이 발행하는 어린이 독서교육 운동자료.

켜주며 상대방과 대화를 성공적으로 나눌 수 있다.

3 아이들에게 책을 읽어주면 대화의 기회를 자주 가질 수 있으며 그 기
회를 통해서 생각과 감정 등을 공유할 수 있게 된다. 이런 작업으로
자녀들이 감성적으로 클 수 있게 되며 부모와 자녀의 관계를 긴밀하
게 만들어준다.

4 무엇보다 아이들은 책을 읽어주는 것을 좋아한다.

소리내어 읽는 비결

1 책을 읽어주는 습관을 만들어라.

2 같이 책을 읽는 소중한 시간으로 만들어라.

3 책을 읽어주는 것을 좀더 효율적으로 만들어주는 몇 가지 방법.

  - 책을 읽을 때 글자 위로 손가락을 같이 움직인다.

- 아이들이 책장을 넘기게 한다.
- 교대로 글자, 문장, 페이지를 읽는다.
- 책을 읽다 멈추고 다음과 같이 자녀들에 질문한다.

"네가 만약 그 사람이라면 어떤 기분이겠니?"

"다음에 무슨 일이 일어날 것 같니?"

- 그림을 보고 그에 대해 이야기를 나눈다.
- 등장인물의 성격에 따라 목소리를 바꾼다. 자녀들이 목소리를 만들어내게 한다.
- 글에 맞는 행동을 취함으로써 이야기를 살아 있게 한다.

4 자녀를 돌보는 사람에게 책을 읽어주라고 부탁하라.

5 도서관을 정기적으로 방문하라.

6 자녀들에게 부모가 독서하는 모습을 보여주어라.

이 글을 읽으면서 미국의 대통령은 그저 탄생되는 것이 아니라는 것을 깨달았다. 그 뒤에는 독서의 무한한 힘을 활용할 줄 알고 도서관의 유용성을 이해하며, 사서의 가치와 능력을 인정하는 '퍼스트 마더'와 '퍼스트 레이디'가 있었던 것이다.

1000 George Bush Drive West, College Station, TX 77845, U.S.A.
http://bushlibrary.tamu.edu

15 자연과 한 몸이 되어 세월을 비껴가다
해인사 장경판전

기록문화의 종주국, 한국

우리나라는 일찍이 기록문화의 종주국이었다. 세계적인 동굴벽화인 프랑스의 라스코, 에스파냐의 알타미라와 비견될 뿐만 아니라 세계적으로도 유례가 없는 울산의 반구대 암각화와 천전리 각석이 그 예다.

또한 세계 최초의 목판본 『무구정광대다라니경』은 그동안 세계 최초라고 알려졌던 일본의 『백만탑다라니경』770년 간행보다 20여 년이나 앞섰고, 구텐베르크보다 80여 년이나 앞서 금속활자로 제작한 『직지』1377 등은 우리 인쇄문화의 우수성을 증명하는 것이다.

2005년 현재 유네스코가 세계기록유산으로 등재한 세계적 기록물 69종 가운데 한국의 기록물은 『직지』를 비롯해서 『훈민정음 해례본』『조선왕조실록』『승정원일기』 등 4종이나 된다.

이 숫자는 러시아의 7종, 덴마크, 독일, 오스트리아의 5종 다음가

대장경판을 보존하는 수다라장. 위아래 창이 크기가 다르다. ⓒ해인사

는 것으로, 노르웨이, 뉴질랜드, 호주, 중국의 2종보다 앞서고, 세계적 기록유산이 하나도 없는 미국, 캐나다, 일본에 비하면 우리는 기록문화의 선진국이라고 자부할 만하다.

1995년 유네스코는 해인사 장경판전을 세계문화유산으로 등재했다. 곧이어 2007년에는 판전板殿 안에 봉안되어 있는 8만 1,350판의 경판經板을 세계기록유산으로 등재함으로써 판전과 경판까지 모두 문화유산으로 인정해주었다. 이와 같이 안과 밖을 함께 인류의 유산으로 인증해준 사례는 세계적으로 유례가 없는 일이다. 이 경판은 내용적 가치를 빼고도 물량적으로도 엄청난 기록을 보인다. 경판 전체 무게만 해도 280톤으로, 그대로 쌓는다면 높이가 백두산보다 높은 3,200미터이고, 이어 펼치면 약 150리60킬로미터 길이가 된다.

2010년 현재, 세계의 기억Memory of the World, 즉 세계기록유산으로 확정된 것은 대장경 말고도 6개가 더 있다. 『훈민정음 해례본』1997, 『조선왕조실록』1997, 『직지』2000, 『승정원일기』2000, 『조선왕조의궤』2007, 『동의보감』2009만 가지고도 기록나라의 선진국이라 할 만하다.

흔히 반만년 역사를 운운하지만 우리는 무덤 속에서 꺼낸 신라 금관이나 백제 유물 등을 전시하고 자랑하는 것 외에는 제대로 우리의 유산을 알리는 것에는 소홀한 것 같다. 우리 앞에 살아 숨쉬며 '모든 언어가 꿈꾸는 최고의 언어'라고 세계가 경탄하는 '한글'을 비롯해, 우리가 생활하는 곳 바로 옆에 존재하는 세계적인 기록물들을 제대로 알리지 못하고 있는 것이다. 이미 인류의 보물이 된 해인사 팔만대장경과 장경판전도 마찬가지다.

이번 도서관 여행을 하면서, 나는 통상적인 의미의 도서관 외에도 한 울타리에서 생성되고 특질과 기능이 같은 기록관도 함께 둘러보았다. 중세의 수도원도서관, 체코의 클레멘티눔 등이 그 예다. 그곳은 모두 박물관이자 기록관이며 동시에 도서관이라 할 수 있는데, 해인사 장경판전 역시 기록관이자 도서관이라고 아니할 수 없다.

중세 수도원에서 수도사를 길러내기 위해 공부를 하고 책을 만들어냈다면, 동방의 한국 사찰에서도 스님들이 수도와 학문을 연마하기 위해 책을 만들고 보존해왔다. 그러니 이곳도 서양의 수도원 또는 클레멘티눔과 조금도 다를 바가 없다고 할 만하다.

팔만대장경을 지켜온 판전

경남 합천의 가야산 중턱에 자리잡은 해인사는 802년 순응順應, 이정利貞 두 스님이 창건한 절로, 왕후의 병이 부처의 힘으로 나은 데 대한 보은의 뜻으로 지었다고 한다.

이곳은 우리나라 3대 사찰 중 하나이자 호국불교의 상징인『팔만대장경』을 보존하고 있는 법보사찰로서, 한국뿐만 아니라 세계적으로 알려져 있는 대가람이다. 팔만대장경은 이 큰 사찰의 제일 높은 윗자락에 자리잡은 장경판전에 안치되어 있다.

해인사가 오늘날의 규모와 법보사찰로서의 위용을 갖추게 된 것

박정희 전 대통령이 세운 새로운 장경판전. 지금은 스님들의 선원방으로 사용된다.

은 조선 초기 대장경판을 이곳으로 옮기고부디다. 세소 때부터 왕실 주관으로 해인사를 중건하기 위한 불사가 시작되어 1488년에 이르러서는 요사채를 비롯한 160여 칸의 건물을 완성해 사찰의 면모를 일신하게 된다. 1695년부터 1871년에 이르기까지 무려 일곱 차례의 화재로 중건이 계속되었으나, 사찰 배치의 골격은 조선 초기의 모습에서 크게 벗어나지 않았고, 특히 장경판전만은 온전히 남아 처음의 모습을 그대로 유지하고 있다.

장경판전의 정확한 창건연대는 알려져 있지 않으나 1457년 어명으로 판전 40여 칸을 중창한 일이 있고, 1488년 학조대사로 하여금 경판당經板堂 30칸을 중건한 뒤 보안당普眼堂이라 했다는 기록

대장경판과 고려각판을 보존하는 네 채의 판전.

이 있다. 1622년에 수다라장^{修多羅藏}, 1624년에 법보전^{法寶殿}을 중
수한 일이 있지만, 건물이 가야산 깊숙한 곳에 있어 건립 이후 한
번도 화재나 전란 등의 피해를 입지 않았다는 것은 다행이라 할 수
있다.

몇 해 전, 법보전과 관련된 큰 뉴스가 있었다. 2005년 6월, 각 언
론은 국내 최초이자 가장 오래된 목불 '비로자나불'이 해인사 법보
전에서 발견되었다고 크게 보도했다. 이는 신라시대에는 목불이 없
었다는 종래의 학설을 깨는 획기적인 사건이었다.

장경각 법보전의 비로자나불은 해인사 대적광전^{大寂光殿}에 있는
비로자나불과 쌍둥이 부처님으로 883년에 제작된 통일신라시대

목조불상으로 판명되었다. 이 사실이 확인되면서 한국 목조불상 연구에 새로운 지평이 열렸다.

시기로 보아 신라시대에 만들어진 비로자나불이 어떤 연유에서 인지는 몰라도 고려의 대장경판전 속에서 경판을 지켜왔던 것이다. 지금까지 어둠에 묻혀 있던 세계적인 불상이 다른 법당도 아니고 장경판전 속에서 발견되었다는 사실은 비로자나 부처님의 지혜가 지식의 보물창고 속에서 천년이나 광대무변하게 비추고 있었구나 하고 경탄하게 한다.

여기서 말하는 대장경판은 고려 고종 때 대장도감大藏都監에서 새긴 목판을 말한다. 대장경은 경經·율律·논論의 삼장으로서 불교경전의 총서를 가리키는 말이다. 일반적으로 해인사 대장경판은 고려시대에 판각되었기 때문에 '고려대장경'이라 하며, 판수가 8만여 판에 이르고 8만 4,000법문을 수록했다 하여 '팔만대장경'이라고도 한다.

고려 현종1009~31 때 새겨 대구 부인사에 보관 중이던 초조대장경初雕大藏經이 몽고의 침입으로 불타버리자, 1232년 수도를 강화도로 옮기고 대장도감을 설치하여 몽고의 침입을 불력으로 물리쳐달라는 염원을 담은 국가적인 사업을 펼쳐 마침내 1251년 대장경판을 완성했다.

준비 기간 4년과 경판만 새긴 기간 12년을 합하면 장장 16년의 세월이 소요된 그야말로 거대한 프로젝트였다. 또한 이것은 한 번이 아니라 두 번에 걸쳐 다시 새겼다 하여 '재조대장경'再雕大藏經이라 하기도 한다. 대장경판은 당초 경상남도 남해에서 판각해 강화도 대장경 판당으로 옮겨 보관했으나 1398년 현재의 해인사 장경판전으로 옮겨 보관하고 있다.

연꽃이 피어오르는 연화문 바닥

이곳을 참배하기 위해 대적광전 뒤쪽 높은 계단 위를 올라가 보안문普眼門으로 들어서면, 수다라장이 있고, 또 수다라장과 마주하는 뒤편에 법보전이 있다. 그리고 두 건물 사이 동편과 서편에는 동사간고東寺刊庫와 서사간고西寺刊庫, 이렇게 네 동이 긴 'ㅁ'자 형태를 하고 있다.

크기와 양식이 비슷한 수다라장과 법보전 규모는 앞면 15칸, 옆면 2칸의 단층으로 된 우진각지붕4개의 기와 면을 한 양식을 하고 있다. 여기에 팔만대장경이 봉안되어 있고, 맞배지붕양면에 기와를 얹은 지붕양식을 한 앞면 2칸, 옆면 1칸 규모의 동사간고와 서사간고에는 고려 시대에 사찰에서 새긴 '고려각판'이 각각 보존되어 있다.

여기서 잠시 걸음을 멈추고, 수다라장의 정문인 연화문을 다시들여다보기로 하자. 문의 모양이 직각이 아닌 둥근 꼴이다. 왜 이렇게 만들었을까. 거기에 신비스런 건축외적 조형미가 감쪽같이 숨어있다는 사실을 21세기에 살고 있는 우리는 잘 모르고 있다. 이 문바닥에는 해마다 두 차례씩 아름다운 연꽃이 소리 없이 피어난다. 그것도 아무 때나 피어나는 것이 아니고, 낮과 밤의 길이가 같은 춘분과 추분 날, 햇빛이 중천에 다다르면 연화문을 통해 비치는 그림

수다라장의 정문인 연화문 바닥에는 한 해 두 번씩 아름다운 연꽃이 피어오른다. ⓒ해인사

자와 수다라장의 기왓장 그림자가 절묘하게 어우러져 아름다운 연꽃을 선물한다. 어떻게 인간의 능력으로 이러한 연출이 가능할 수 있을까. 이만한 심미안을 갖춘 민족이 이 세상 어디에 또 있을까. 그저 신비스럽기만 하다.

장경판전은 세계에서 유일한 판각 보존용 건물로, 해인사에 현존하는 건물 중 가장 오래된 건물이다. 건축기법은 조선 초기의 전통적인 목조건축 양식을 보이는데 건물 자체도 아름답지만 판각의 보존이라는 건물의 기능에 특히 치중함으로써 지붕과 기둥, 벽, 그리고 문을 간결한 방식으로 처리해 1년 내내 자연적으로 적당한 환기와 온도 및 습도를 조절할 수 있도록 지은 것이 특징이다.

통풍이 잘 되도록 건물 벽에는 바람이 관통하는 붙박이창이 있으며, 벽면의 위아래와 건물의 앞면과 뒷면 모두 각각 창의 크기를 달리해서 공기가 실내에 들어가면 위아래로 한 바퀴 돌아 나가도록 했다. 그야말로 세계 건축 역사상 유례가 없는 독창적이며 기발하고 절묘한 창틀 시스템을 개발한 것이다.

『해인사』대원사, 2000의 저자 이재창의 실측에 의하면, 수다라장의 앞면 아래 창구는 폭 2.15미터, 높이 1미터로 넓이 2.15평방미터인데, 위에 있는 창은 폭 1.2미터, 높이 0.44미터로 넓이 0.528평방미터로 아래에 창이 있는 위 창보다 약 4배가 크다. 반면, 뒷면의 아래 창은 폭 1.36미터, 높이 1.2미터로 넓이 1.63평방미터이고 위창은 폭 2.4미터, 높이 1미터로 넓이 2.4평방미터라 윗창이 아래창보다 1.47배가 크다. 이러한 차이는 뒤쪽에 있는 법보전에서도 비슷해서 전면의 창에서 아래창이 윗창보다 4.6배 크고, 뒷면은 그 반대로 위 창이 아래창보다 1.5배 더 크다.

창문의 '크기'로 바람의 '세기'를 조절하며, 바닥의 흙바닥을 그대로 두고 반자 없이 지붕구조가 보이는 연등천장을 만든 것을 보면, 선조들이 건물과 그 사용처에 대해 얼마나 세심한 배려를 했는지 알 수 있다. 이는 곧 건축물을 자연에 순응하게 함으로써 습기가 바닥과 지붕 밑에서 조화롭게 조절이 되도록 한 것이다. 선조들의 이러한 지혜를 먼저 이해할 때, 비로소 장경판전의 진정한 아름다움을 안다고 할 수 있다.

판가板架: 경판을 올려놓는 시렁 또한 과학적으로 설치하여 바람의 유

팔만대장경 판전에 보존하고 있는 대장경판.

대장경판을 보존하는 법보전. 최근 이곳에서 통일신라시대의 목조불이 발견되었다.

속이 일정하게 흐르도록 했으며, 매 경판마다 붙어 있는 손잡이는 글자가 마모되는 것을 방지할 뿐만 아니라 그 사이로 바람이 통하게 해서 항상 일정한 습도가 유지된다.

경판으로 사용된 재료는 거제도, 완도 등에서 자생하는 자작나무와 산벚나무, 돌배나무 등 10여 종의 나무이다. 나무를 3년 동안 바닷물에 담갔다가 꺼내어 일정한 크기로 잘라 판을 만든 다음, 소금물로 끓여 또 3년 동안 바람이 잘 통하는 그늘에서 말린다. 이러한 공정과정을 거쳐 판을 매끄럽게 한 뒤 판각수들이 판을 새긴다. 판각작업이 끝나면 몇 차례씩 옻칠을 해 부식을 막고, 경판 모서리마다 쇠판을 붙여 세월이 지나도 뒤틀리지 않게 했다. 수많은 판각수가 판을 나누어 새겼지만, 각 판각에 새긴 글자는 마치 한 사람이 한 것처럼 균일하다.

경판의 크기는 70×24센티미터, 두께 3센티미터, 무게는 평균 3.25킬로그램으로 우리나라 갓 태어난 건강한 어린아이의 몸무게만하다. 한 판의 글자행 수는 23행으로, 1행 당 14자를 양면으로 새겼기 때문에 한 판에 644자를 실을 수 있어 팔만대장경판에는 모두 5,200만 자가 실려 있다.

수백, 수천 개도 아닌, 8만여 개의 판각이 이렇게 일사불란하게 하나로 완성되어 천년이 지나도록 완벽하게 보존될 수 있었던 것은, 아마도 대장경판의 힘이 나라를 보위할 수 있다는 민족적 염원을 담은 고려인들의 호국정신과 일자일배一字一拜: 한 글자를 쓴 후 한 번씩 절을 한다하면서 8만여 개의 판에서 단 한 자의 오탈자도 없이 완성한 장인정신이 복합적으로 작용했기 때문일 것이다. 거기에 현대 건축술로는 이해할 수 없는 당시의 어떤 신비한 과학기술이 접목되어 있지 않았을까 상상해본다.

과학적이고 완전무결한 작품

몇 해 전 학생들과 이곳을 찾았을 때 안내하던 스님이 반짝이는 학생들의 눈을 쳐다보며 신념에 가득 찬 목소리로 조리가 있으면서도 불가사의한 이야기를 해주었다.

"대장경을 보존하는 데는 그 위치가 중요하다. 이 자리는 해발 1,400여 미터인 가야산 중간지점이다. 계절에 따라 부는 편서풍과

계절풍에 가장 적합한 지점을 택해 여름과 겨울에 상관없이 적당한 풍속을 타도록 했고, 절대적인 요건인 습도와 통풍을 위해 원래 토질이 좋은 터에 소금과 숯, 횟가루, 모래를 비율에 맞춰 넣고 찰흙을 다져 습도가 자연적으로 조절되게끔 했다.

창문은 세로창살로 하여 바람막이도 문짝도 없이 다만 앞 벽면은 아래 창을 위창보다 서너 배 크게 했고 뒷 벽면은 그 반대로 했다. 이런 창문은 세계 어느 곳에서도 볼 수 없는 특이한 사례다. 간살이 넓은 창이지만 날짐승과 들짐승조차 드나든 흔적이 없으며 거미줄은 물론 쥐도 새도 없고, 새는 그 위로 절대 날지 않는다. 때문에 건물 바닥에는 단 한 점의 쥐똥도 발견할 수 없고, 지붕 기왓장에는 단 한 점의 새똥도 보이지 않는다.”

이런 일화도 전해진다. 5·16이 일어난 지 얼마 후, 해인사를 방문한 박정희 의장에게 주지스님이 대장경판을 더 인진하게 보존할 수 있도록 특단의 조치를 부탁했다. 이에 박 의장은 화재도 예방하고 도난도 방지할 겸 그 부근에 철근 콘크리트 벙커를 짓고, 당시 최고의 과학기술을 동원한 전천후 공기정화 장치를 설치한 후 약간의 판각들을 이곳으로 옮겼다. 그런데 한참이 지나자 판각에 곰팡이가 슬고 이슬이 맺히는 등 이상한 징후가 나타나서 급기야는 모든 판각들을 제자리로 되돌려놓았다는 것이다.

이 이야기가 혹시 꾸며낸 말은 아닌지 담당스님에게 물었더니 사실이라고 했다. 단지 그때 축조한 건물은 벙커가 아니라 날렵한 기와를 얹고 일자로 만들어진 긴 법당이라는 것만 달랐다. 극락전極樂

바로 뒤 고즈넉한 곳에 있는 이 건물은 스님들의 선원방으로 사용되고 있는데, 스님의 특별배려로 아무나 출입할 수 없다는 선원을 들여다볼 수 있었다. 건물 둘레가 약 190미터인 선원은 보통 법당과 별 차이가 없지만, 긴 법당 아래 지하방은 높이 4~5미터의 내부가 뻥 뚫린 채 폐허가 되어 있다. 작년까지 있었다는 서가들은 모두 다른 곳으로 옮겼다고 한다. 아무리 보아도 이 자리는 대장경을 모실 자리가 아니었다. 귀중한 국보를 어떻게 보존하고 관리해야 하는지 아무 감각이 없었던 당시의 무지함을 일깨워주는 현장이랄까. 이 서고도 그대로 보존하여 역사적 교훈으로 삼았으면 싶다.

해인사 스님들은 이처럼 가장 과학적이고 완전무결한 걸작으로 평가받는 장경판전을 보존하는 데 많은 어려움을 겪고 있다. 소극적인 보존방편으로 휴식제를 취해서 우선 2005년 5월부터 2006년 12월까지 매주 화요일마다 휴관을 하고, 2007년부터 2009년까지 정초와 음력 3월과 양력 7월 한 달간 휴식을 취하기로 했다. 지금 해인사는 2011년 9월 23일부터 11월 6일까지 '대장경 천년 세계문화축전국민보고대회'를 개최하려 국제심포지엄과 '해인 비엔날레' 행사를 한창 준비하고 있다.

좀더 적극적인 보존을 위한 노력으로는, 2002년 12월 대장경판의 훼손을 막기 위해 문화재청과 합천군이 용역을 의뢰한 것을 들 수 있다. 거기에서 나온 「해인사 장경판전 신판가 철거에 따른 보존 안전성 조사보고서」고려대장경연구소, 연구책임자 이태녕 서울대 명예교수에 의하면, 현재의 보존 상태에서 팔만대장경에 문제가 발생했다고 한다. 보고서는 "팔만대장경 일부가 훼손된 원인은 판전과 판가는 물론 경판의 독특한 구조와 그에 따른 보존환경을 이해하지 않고 단지 넘쳐나는 경판을 보관하기 위해 서둘러 신판가를 설치한 것에 있다"라고 지적했다.

창살과 가까운 곳에 새로 설치한 신판가가 판전의 전면 창살을 부분적으로 가려 판전 내 환기와 일조량을 줄였고, 판전 바닥을 비추던 햇빛이 상당 부분 차단되면서 일광소독 효과와 바닥온도 상승이 억제되어 판전 앞뒤 방향의 공기흐름을 제한했다는 분석이다.

이런 조사 내용을 토대로 보고서는 "신판가를 철거하고 그 경판을 중앙 및 뒤 판가 위에 마구리 상자^{판가에 배열한 경판 사이의 틈}가 형성되는 방법으로 배치하면 온전한 보존이 가능할 것이며, 보존 상태를 유지하기 위해 신판가를 철거하고 경판을 옮긴 다음에 계속해서 면밀히 관찰해야 한다"고 덧붙였다.

이처럼 우리 후손들은 종종 어리석은 실수를 되풀이하고 있다. 이 실수를 만회하기 위해 해인사가 중심이 되어 판각을 동판^{銅版}으로 다시 복원하려 큰 불사를 펼치고 있으며, 통도사의 한 스님은 도자^{陶瓷}로 팔만대장경을 복원하기 위해 수년 전부터 이 일에 몰두하고 있다.

조선의 명필 한석봉이 "육필이 아니라 신필이다"라고 감탄할 만큼 아름다운 글씨체로 제작된 대장경은 5,240여 만 자의 글자꼴이한 사람이 쓴 듯 일정하고 정교해서 일본이 신수대장경新修大藏經을 만들 때 표준으로 삼을 만큼 대단한 걸작이다. 뿐만 아니라 중국에서조차 역수입하고, 영국, 미국, 프랑스, 독일 등 서구 선진국에서 불교 연구자료로 삼을 정도로 세계 불교경전 중 가장 중요하고 완벽한 경전이다.

그런데 지금 우리는 국가의 명운을 걸고 지혜를 짜내 제작한 경판과 이 경판들을 손실 없이 보존해온 판전의 구조적 의미를 어느 정도 이해하고 있을까. 기록문화의 종주국임을 자처하기 전에 다시 한 번 마음을 가다듬고 생각해볼 일이다.

경남 합천군 가야면 치인리 10번지
http://www.haeinsa.or.kr

여행을 마치며

이 책의 제목은 '지상의 아름다운 도서관'이지만, 그 앞에는 '내가 직접 본'이라는 수식어가 따른다. 세상에는 내가 가본 곳보다 더 아름다운 도서관이 얼마든지 있을 것이다. 다만 여기에 소개한 도서관은 유네스코가 세계문화유산으로 지정했거나, 세계적으로 명성이 높거나, 최고라고 자타가 공인하는 도서관들이라는 것을 말해두고 싶다.

이런 도서관을 단기간에 순례한다는 것은 결코 쉬운 일이 아니었다. 무엇보다 선정된 곳의 자료를 확보하고 현장여건과 방문시기가 잘 맞아떨어지는 행운이 뒤따라야 했다.

2005년 6월, 꼬박 한 달 동안 나와 아내, 그리고 페터 씨 내외, 네 사람은 모두 6개국 20곳의 도서관을 돌아보았다. 주행거리만 7,000킬로미터가 넘는 강행군의 연속이었다. 여행 중 각 지방의 호텔이나 식당에서 가끔 이름난 음식을 맛보기도 했지만, 시간을 아끼기 위해 노상에서 직접 끓여 먹은 라면과 쌀 무게만 해도 5킬로 그램이 넘었다.

독일에서 3일간 파리 왕복을 한 것부터 네덜란드의 북쪽 끝자락, 독일의 서북쪽 공업지역과 최남단 농촌마을, 그리고 스위스 알프스 산기슭까지 유럽을 반 바퀴 도는 동안 사계절을 체험하면서 도서관 탐방은 계속되었다. 루브르 박물관, 퐁피두 센터를 그냥 스쳐 지나가며 향한 곳은 오직 도서관, 도서관뿐이었다. 도서관에서 만나는 사람은 주로 사서들이지만 가끔 수도사들의 인정어린 모습을 보기도 하고 옛 동독 도서관 직원들의 경직된 자세도 볼 수 있었다.

동행한 페터 씨는 나와 동갑내기로 독일의 서북부 루르 지방의 보쿰에서 기술전문학교 교장을 지내다가 정년퇴임을 하고 아프리카 등에서 봉사활동을 하고 있는데, 지난해 한국에 일주일간 머물면서 친한 사이가 되었다. 그의 부인 윤행자 씨는 재독 한인간호협회 회장과 재독 한인연합회 부회장을 역임하고, 남편을 도와 봉사활동에 전념하고 있다.

이 바쁜 두 사람에게 여행계획을 알리고 도움을 요청하자, 그들은 분에 넘치게 많은 도움을 주었다. 대부분의 도서관은 나 혼자 찾아가고 일부만 함께 가자고 할 참이었는데, 뜻밖에도 두 사람은 한 달간 개인 일정을 모두 취소하고 끝까지 나와 동행해주겠다면서 유럽 지도를 구해 목적지의 위치와 가는 방법을 붉은 선으로 표시하고, 일정에 맞춰 호텔 예약까지 완료한 내용을 빼곡히 적어서 보내왔다. 그밖에 그가 인터넷으로 준비한 완벽한 여행 계획서와 탐방할 도서관의 프로필과 파일로 만든 조사자료를 보고, 독일인들의 준비성에 깊이 감탄을 하기도 했다.

결국 여행은 독일인의 빈틈없는 추진력 덕분에 최초의 계획 그대로 수행되고 완수될 수 있었다. 여행을 하면서 나 혼자 떠나왔다면 얼마나 힘들고 어려웠을지 수없이 느꼈다. 우선 언어가 가장 불편했을 것이고, 제대로 길을 찾기도 힘들었을 것이다. 네 사람이 함께 애를 써도 원하는 사진을 마음대로 찍기가 힘들었고, 이를 출판하는 데 따르는 저작권 문제를 해결하는 것도 만만치 않은 일이었다. 한 달간 좁은 공간에서 여행을 같이하면서 서로의 문화를 이해하게 되고 사람의 품성은 동양과 서양이 서로 다르지 않다는 것도 깨닫게 되었다.

내가 배운 것은 그것만이 아니었다. 여행 중 아침마다 95세가 된 노모에게 안부전화를 거는 그를 보며 많은 것을 느꼈다. 노모는 부부가 사는 곳에서 자동차로 10분 거리에 살고 있어 아침마다 아들과 며느리가 찾아뵙는다고 했다. 우리가 처음 찾아가던 날, 할머니는 아침부터 단장을 하고 우리를 기다리고 계셨다. 그 연세에도 어찌나 정갈하신지 할머니의 집을 둘러보다가 허락을 받아 자부의 안내로 장롱을 열어보니 손수 다림질한 하얀 내의가 군대 내무반의 사열대처럼 정리되어 있고, 금방 세탁소에서 온 듯한 외출복과 까만 구두 두 켤레가 가지런히 정돈되어 있었다. 모든 재산은 이미 오래전에 정리했고 현재 가지고 있는 것은 침대 하나와 탁자, 그리고 지금도 읽고 있는 몇 권의 책뿐이란다. 탁자에는 꼭 4개의 찻잔만 두며, 손님이 먹고 난 찻잔은 반드시 당신이 설거지해야 한다고 했다. 이런 취미까지 빼앗길 수 없다는 것이다.

이처럼 이번 여행에서 보고 얻은 것은 도서관의 오랜 전통과 아름다움뿐만이 아니었다. 유럽의 도시와 시골을 두루 달리며, 그곳에 사는 사람들의 삶과 문화를 바로 옆에서 체험한 것이 무엇보다 큰 소득이었다.

이 글을 탈고했을 무렵 독일에서 슬픈 소식을 알려왔다. 우리가 갔을 때만 해도 정정하시던 할머니가 천수를 다하고 돌아가셨다는 소식이었다. 이 글을 빌려 이 세상을 아름답게 살다 가신 고인에게 삼가 조의를 드리며, 어머니를 잃은 효자, 효부에게도 심심한 위로의 말씀을 드리고자 한다.

참고문헌

곽병휴, 『하이델베르크』, 살림, 2004.

라이오넬 카슨, 김양진·이희영 옮김, 『고대 도서관의 역사』, 르네상스, 2003.

뤼시앵 폴라스트롱, 이세진 옮김, 『사라진 책의 역사』, 동아일보사, 2006.

마이클 H. 해리스, 전명숙·정연경 옮김, 『서양도서관사』, 지문사, 1991.

브뤼노 블라셀, 권명희 옮김, 『책의 역사─문자에서 텍스트로』, 시공사, 1999.

소피 카사뉴-브루케, 최애리 옮김, 『세상은 한 권의 책이었다』, 마티, 2006.

스가야 아키코, 이진영·이기숙 옮김, 『미래를 만드는 도서관』, 지식여행, 2004.

승효상, 『건축, 사유의 기호』, 돌베개, 2004.

알프레드 헤셀, 이춘희 옮김, 『서양도서관사』, 한국도서관협회, 1968.

움베르토 에코, 이윤기 옮김, 『장미의 이름』, 열린책들, 2006.

이광주, 『아름다운 지상의 책 한권』, 한길아트, 2001.

이재창·장경호·장충식 지음, 『해인사』, 대원사, 2000.

이태진, 『규장각소사』, 서울대학교 도서관, 1990.

전진성, 『박물관의 탄생』, 살림, 2004.

주명철, 『지옥에 간 작가들』, 소나무, 1998.

최정태, 『기록학개론』, 아세아문화사, 2001.

최정태 외 엮음, 『기록관리학 사전』, 한울아카데미, 2005.

한영우, 『창덕궁과 창경궁』, 열화당, 2003.

헨리 페트로스키, 정영목 옮김, 『서가에 꽂힌 책』, 지호, 2001.

Association of Research Libraries, *ARL Statistics 2002~2003*, Washington D.C., 2004.

Charles A. Goodrum, *Treasures of The Library of Congress*, New York: Harry N. Abrams Inc., 1980.

Christopher de Hamel, *The Book: A History of the Bible*, London: Phaidon Pr., 2001.

Guillaume de Laubier, et al., *The Most Beautiful Libraries in the World*, New York: Harry N. Abrams Inc., 2003.

Irina Kubadinow, *The Austrian National Library*, Wien: Prestel Publishing, 2004.

John Y. Cole and Henry Hope Reed, *The Library of Congress; The Art and Architecture of the Thomas Jefferson Building*, W.W. Norton, 1997.

Johannes Duft, *The abbey library of Saint Gall; History, baroque hall, manuscripts*, Verlag am Klosterhof, 1999.

The National Library of the Czech Republic, *Klementinum; Guide to History*, Praha, 2002.

Winfried Löschburg, *Alte Bibliotheken in Europa*, Pawlak-verlag Herrching,

Leipzig, 1974.

안내 책자 및 팸플릿

『국제신문』, 「팔만대장경 훼손은 신판가 탓」, 2005.7.14.

「규장각요람」, 서울대학교 규장각, 2004.

이춘희, 「존경각고」, 『대동문화연구』 제10집, 1975.

「한·독수교 100주년 기념 구텐베르크 인쇄자료전」, KBS·구텐베르크인쇄박물관, 부산, 1984.10.5~19.

The Abbey Library of Saint Gall.

Anna Amalia Library.

The Austrian National Library, General Information.

Barbara Bush? Family Reading Tips, The Barbara Bush Foundation for Family Literacy.

Bibliothek, Kloster Wiblingen.

La Bibliothèque Mazarine.

La Bibliothèque nationale de France, Connaissance Des Arts.

Heidelberg, Kunstverlag Edm. von Konig, Heidelberg: Dielheim, 1998.

Heidelberg University Library, Information guide and Bulletin.

Herzogin Anna Amalia Bibliotheck, Das Neue Studienzentrum.

House of Books, Digital Archives, Die Deutsche Bibliothek.

Library of Congress, 25 Questions Most Frequently Asked by Visitors.

Monastery Library, Benedictine Monastery Admont.

New Paris Library: Visionary or Outdated?, *International Herald Tribune*, 1995.3.30.

New York Public Library, General Information.

The Presidential Libraries; A Growing Resource, *Public Librairies*, 1997 3/4.

Thomas Jefferson Building of the Library of Congress.

Wolfenbütteler, Bibliothecks-Informationen.

최정태崔貞泰

대구에서 태어나 성균관대학교에서 행정학사, 연세대학교에서 교육학석사, 성균관대학교대학원에서 '관보'(Official Gazette)를 주제로 문학박사학위를 받았다. 전북대학교 조교수, 부산대학교 교수로 재직했으며, 한국도서관·정보학회 회장과 한국기록관리학회 회장을 역임했다. 현재 부산대학교 명예교수(문헌정보학과)다.

재직 시 논문, 논술, 학술칼럼 아흔여섯 편을 발표했고, 단행본『한국의 관보』(아세아문화사, 1992),『도서관·문헌정보학의 길』(부산대학교출판부, 2004) 등 여덟 권과『기록관리학사전』(한울아카데미, 2005) 외에 강의교재로『기록학개론』과 '자료조직' 입문서 세 권을 공저로 발행했다.

정년퇴임 후 세계의 이름난 도서관을 답사해 한길사에서『지상의 아름다운 도서관』(2006)과『지상의 위대한 도서관』(2011)을 펴냈으며, '큰 글자판 살림지식총서'로『아름다운 도서관 오디세이』(2012)와『위대한 도서관 건축순례』(2012)를 출간했다.

『지상의 아름다운 도서관』은 2006년 문화관광부의 '우수교양도서'와 대한출판문화협회의 '올해의 청소년도서'로 선정되었다. 그 후 발행한『지상의 위대한 도서관』과 묶은 '최정태의 세계 도서관 순례기'는 3년 연속 스테디셀러가 되었으며, 사서들이 추천하는 '선물하기 좋은 책'으로 선정되기도 했다. 그리고 지금도 인터넷에는 문헌정보학과(또는 도서관학과)에 지원하려는 전국의 고3 학생들이 반드시 읽어야 하는 필독서 목록에 포함되어 있고, 몇몇 대학의 같은 학과에서도 주니어를 위한 입문 및 교양도서로 선정하여 부교재로 사용하고 있다. 10년간 절필하다 2021년 9월 한길사에서『내 마음의 도서관 비블리오테카』를 출간했다.

지상의 아름다운 도서관

지은이 최정태
펴낸이 김언호

펴낸곳 (주)도서출판 한길사
등록 1976년 12월 24일 제74호
주소 10881 경기도 파주시 광인사길 37
홈페이지 www.hangilsa.co.kr
전자우편 hangilsa@hangilsa.co.kr
전화 031-955-2000~3 **팩스** 031-955-2005

부사장 박관순 **총괄이사** 김서영 **관리이사** 곽명호
영업이사 이경호 **경영이사** 김관영 **편집주간** 백은숙
편집 박희진 노유연 이한민 박홍민 배소현 임진영
관리 이주환 문주상 이희문 원선아 이진아 **마케팅** 정아린
디자인 창포 031-955-2097
CTP출력·인쇄 예림인쇄 **제책** 예림바인딩

제1판 제1쇄 2006년 8월 15일
제2판 제1쇄 2011년 4월 30일
개정3판 제1쇄 2024년 3월 15일

값 25,000원
ISBN 978-89-356-7859-4 03800